वेणुवन

वेणुवन

रामधारी सिंह 'दिनकर'

लोकभारती प्रकाशन

लोकभारती प्रकाशन
पहली मंजिल, दरबारी बिल्डिंग, महात्मा गांधी मार्ग
प्रयागराज-211 001

वेबसाइट : www.lokbhartiprakashan.com
ईमेल : info@lokbhartiprakashan.com

शाखाएँ : 1-बी, नेताजी सुभाष मार्ग, दरियागंज
नई दिल्ली-110 002

अशोक राजपथ, साइंस कॉलेज के सामने
पटना-800 006

1, अनमोल सोराबजी संतुक लेन, धोबी तलाव,
मरीन लाइंस, मुम्बई-400 002

पहला संस्करण : 1958
पुनर्नवा संस्करण : 2019
दूसरा संस्करण : 2024

मूल्य : ₹495

मुद्रक : बी.के. ऑफसेट
नवीन शाहदरा, दिल्ली-110 032

VENUVAN
Essays by Ramdhari Singh 'Dinkar'

ISBN : 978-93-89243-18-5

प्राक्कथन

पूज्य राष्ट्रकवि रामधारी सिंह 'दिनकर' को गुजरे छियालीस वर्ष हो गए। अब उनकी 110वीं जयन्ती का वर्ष बीत रहा है।

यूँ तो महाकवि दिनकर जी को राष्ट्रकवि कहा गया है पर महीयसी महादेवी वर्मा ने कहा था कि वे विश्वकवि हैं, क्योंकि उनकी कविताओं में मात्र राष्ट्रीयता की वाणी और उसकी स्वायत्तता का गौरवगान और संघर्ष नहीं है वरन् प्रेम का एक व्यापक क्षितिज है जो उन्हें विश्वकवि की श्रेणी में ले आता है। वस्तुतः दिनकर जी एक ही साथ विश्वकवि, महाकवि, राष्ट्रकवि और जनकवि—सभी हैं। उनकी विभिन्न कविताओं में भिन्न-भिन्न तौर पर उनके काव्य-व्यक्तित्व का वैशिष्ट्य प्रकट होता है।

दिनकर जी आज भी पाठकों के सर्वाधिक प्रिय कवि हैं और प्रासंगिक भी। उनकी कविताओं में आग है, राग है और अध्यात्म है। उनकी कविताओं का अवगाहन कर प्रतीत होता है कि वे अपने समकालीन कवियों से अलग तरीके से पाठकों के समक्ष प्रकट होते हैं।

दिनकर जी ने कहा था कि सच्चा कवि हमेशा जीवित रहता है–उसके प्रति राग और द्वेष के कारण उसके सामने उसका सही मूल्यांकन नहीं हो पाता। किसी कवि का सही मूल्यांकन उसके निधन के पचास वर्ष बाद होता है। और हम देख रहे हैं, जैसे-जैसे समय गुजरता जा रहा है, दिनकर जी की कविताओं की लोकप्रियता बढ़ती जा रही है।

पूर्व में दिनकर जी की सभी किताबें लोकभारती प्रकाशन से कुछ नवीन स्वरूप और अलग नाम देकर प्रकाशित हुई थीं। अब सभी पुस्तकें अपने पुराने नाम और प्रारूप में प्रकाशित हो रही हैं। आशा है, इससे दिनकर-प्रेमी हिन्दी साहित्य जगत् सन्तुष्ट होगा।

–अरविन्द कुमार सिंह

दिनकर भवन
आर्य कुमार रोड
पटना-800004

अनुक्रम

अर्धनारीश्वर

अर्धनारीश्वर शंकर और पार्वती का कल्पित रूप है, जिसका आधा अंग पुरुष का और आधा अंग नारी का होता है। एक ही मूर्ति की दो आँखें : एक रसमयी और दूसरी विकराल; एक ही मूर्ति की दो भुजाएँ : एक त्रिशूल उठाए हुए और दूसरी की पहुँची पर चूड़ियाँ और उँगलियाँ अलक्तक से लाल; एवं एक ही मूर्ति के दो पाँव : एक जरीदार साड़ी से आवृत और दूसरा बाघम्बर से ढँका हुआ।

एक हाथ में डमरू, एक में वीणा परम उदार।
एक नयन में गरल, एक में संजीवन की धार।
जटाजूट में लहर पुण्य की, शीतलता-सुखकारी।
बालचन्द्र दीपित त्रिपुण्ड पर, बलिहारी, बलिहारी।

स्पष्ट ही, यह कल्पना शिव और शक्ति के बीच पूर्ण समन्वय दिखाने को निकाली गई होगी, किन्तु इसकी सारी व्याप्तियाँ वहीं तक नहीं रुकतीं। अर्धनारीश्वर की कल्पना में कुछ इस बात का भी संकेत है कि नर-नारी पूर्ण रूप से समान हैं एवं उनमें से एक के गुण दूसरे के दोष नहीं हो सकते; अर्थात् नरों में नारियों के गुण आएँ तो इससे उनकी मर्यादा हीन नहीं होती, बल्कि उनकी पूर्णता में वृद्धि ही होती है।

किन्तु पुरुष और स्त्री में अर्धनारीश्वर का यह रूप आज कहीं भी देखने में नहीं आता। संसार में सर्वत्र पुरुष पुरुष है और स्त्री स्त्री। नारी समझती है कि पुरुष के गुण सीखने से उसके नारीत्व में बट्टा लगेगा। इसी प्रकार, पुरुष भी स्त्रियोचित गुणों को अपनाकर समाज में स्त्रैण कहलाने से घबराता है। स्त्री और पुरुष के गुणों के बीच एक प्रकार का विभाजन हो गया है तथा विभाजन की रेखा को लाँघने में नर और नारी, दोनों को भय लगता है।

किन्तु ऐसा लगता है कि गुणों का बँटवारा करते समय पुरुष ने नारी से उसकी राय नहीं पूछी, अपने मन से उसने जहाँ चाहा, नारी को बिठा दिया। स्वयं तो वह वृक्ष बन बैठा और नारी को उसने लता बना दिया। स्वयं तो वह वृंत बन गया और नारी को उसने कली मान लिया। तब से धूप पुरुष और चाँदनी नारी रही है; ग्रीष्म नर और वर्षा मादा रही है; विचार पति और भावना पत्नी रही है। जहाँ भी कर्म का कोई क्षेत्र है, अधिकार की कोई भूमि है और सत्ता का कोई सीधा उत्स है, उस पर कब्जा नारी का नहीं, नर का माना जाता है। नर है विधाता का मुख्य तन्तुवाय जो वस्त्र बुनकर तैयार करता है, नारी का काम उस वस्त्र पर रंग के छींटे डालना है। नर है कुदाल चलानेवाला बलशाली किसान जो मिट्टी तोड़कर अन्न उपजाता है, नारी का काम दानों को अछोरना-पछोरना है। नर है नदियों का वेगमय प्रवाह, नारी उसमें लहर बनकर उठती-गिरती रहती है। सिंहासन तो वस्तुतः राजा के लिए ही होता है; रानी उसके वामांग की शोभा मात्र है। सत्य है राजा की ग्रीवा और विशाल वक्षोदेश, रानी उन पर मन्दार-हार बनकर झूलने के लिए है। राजा काया और रानी छाया के प्रतीक हैं। सत्य का साकार रूप तो

राजा ही होता है रानी है, कल्पना की रंगीन जाली और सपनों की मीठी मुसकान जो जीवन में उतरी तो वाह-वाह और नहीं उतरी तो वाह-वाह! कहावत चल पड़ी है :

पुरुष एनेछे दिवसेर ज्वाला तप्त रौद्र दाह।
कामिनी एनेछे यामिनी-शान्ति समीरण, वारिवाह।

दिवस की ज्वाला और तप्त धूप–ये पुरुष की लाई हुई चीजें हैं। कामिनी तो अपने साथ यामिनी की शान्ति लाती है।

किन्तु कवि की यह कल्पना झूठी है। यदि आदिमानव और आदिमानवी आज मौजूद होते तो ऐसी कल्पना से सबसे अधिक आश्चर्य उन्हें ही होता। और वे कदाचित कहते भी कि 'आपस में धूप और चाँदनी का बँटवारा हमने नहीं किया था। हम तो साथ-साथ जनमे थे तथा धूप और चाँदनी में, वर्षा और आतप में साथ ही साथ घूमते भी थे; बल्कि आहार-संचय को भी हम साथ ही निकलते थे और अगर कोई जानवर हम पर टूट पड़ता तो हम एक साथ उसका सामना भी करते थे।'

उन दिनों नर बलिष्ठ और नारी इतनी दुर्बल नहीं थी, न आहार के लिए ही एक को दूसरे पर अवलम्बित रहना पड़ता था। नारी की पराधीनता तब आरम्भ हुई जब मानव जाति ने कृषि का आविष्कार किया जिसके चलते नारी घर में और पुरुष बाहर रहने लगा। यहाँ से जिन्दगी दो टुकड़ों में बँट गई : घर का जीवन सीमित और बाहर का जीवन निस्सीम होता गया एवं छोटी जिन्दगी बड़ी जिन्दगी के अधिकाधिक अधीन होती चली गई। नारी की पराधीनता का यह संक्षिप्त इतिहास है।

नर और मादा पशुओं में भी थे और पक्षियों में भी। किन्तु पशुओं और पक्षियों ने अपनी मादाओं पर आर्थिक परवशता नहीं लादी। लेकिन, मनुष्य की मादा पर यह पराधीनता आप-से-आप लद गई। और इस पराधीनता ने नर-नारी से वह सहज दृष्टि भी छीन ली जिससे नर-पक्षी अपनी मादा को या मादा अपने नर को देखती है। कृषि का विकास सभ्यता का पहला सोपान था, किन्तु इस पहली ही सीढ़ी पर सभ्यता ने

मनुष्य से भारी कीमत वसूल कर ली। आज प्रत्येक पुरुष अपनी पत्नी को फूलों का आनन्दमय भार समझता है और प्रत्येक पत्नी अपने पति को बहुत कुछ उसी दृष्टि से देखती है जिस दृष्टि से लता अपने वृक्ष को देखती होगी।

इस पराधीनता के कारण नारी अपने अस्तित्व की अधिकारिणी नहीं रही। उसके सुख और दुःख, प्रतिष्ठा और अप्रतिष्ठा, यहाँ तक कि जीवन और मरण पुरुष की मर्जी पर टिकने लगे। उसका सारा मूल्य इस बात पर ठहरा कि पुरुषों को उसकी कोई आवश्यकता है या नहीं। इसी से नारी की पद-मर्यादा प्रवृत्तिमार्ग के प्रचार से उठती और निवृत्ति-मार्ग के प्रचार से गिरती रही है। जो प्रवृत्तिमार्गी हुए, उन्होंने नारी को गले से लगाया, क्योंकि जीवन से वे आनन्द चाहते थे और नारी आनन्द की खान थी। किन्तु जो निवृत्तिमार्गी निकले, उन्होंने जीवन के साथ नारी को भी अलग ढकेल दिया, क्योंकि नारी उनके किसी काम की चीज नहीं थी। प्राचीन विश्व में जब वैयक्तिक मुक्ति की खोज मनुष्य-जीवन की सबसे बड़ी साधना मानी जाने लगी, तब झुंड-के-झुंड विवाहित लोग संन्यास लेने लगे और उनकी अभागिनी पत्नियों के सिर पर जीवित वैधव्य का पहाड़ टूटने लगा। जरा उन आँसुओं की कल्पना कीजिए जो उन अभागिनियों की आँखों से बहते होंगे, जिनके पति परमार्थ-लाभ के लिए उनका त्याग कर देते थे। जरा उस बेबसी को भी ध्यान में लाइए जो इस अनुभूति से उठती होगी कि आखिर जो संन्यास लेता है, वह निष्ठुर, कायर और कठोर नहीं, बल्कि पुण्यात्मा, साहसी और शायद सबसे बड़ा वीर है। और हाय री नारी! जो इन परिस्थितियों से हारकर, स्वेच्छया, अपने-आपको सचमुच ही, पुण्य की बाधा और पाप की खान मानकर पछाड़ खाकर रह जाती थी।

बुद्ध और महावीर ने कृपा करके नारियों को भी भिक्षुणी होने का अधिकार दिया था, किन्तु यह अधिकार भी नारी के हाथ सुरक्षित न रह सका। जैनों के बीच जब दिगम्बर-सम्प्रदाय निकला, तब धर्माचार्य नारियों की भिक्षुणी होनेवाली बात से घबरा उठे और धर्म-पुस्तक में उन्होंने एक नये नियम का विधान किया कि नारियों का भिक्षुणी होना व्यर्थ है,

क्योंकि मोक्ष नारी-जीवन में नहीं मिल सकता। नारियाँ घर में ही रहकर दान-पुण्य करें और उस दिन की प्रतीक्षा करें जब उनका जन्म पुरुष-योनि में होगा। जब वे पुरुष होकर जनमेंगी, संन्यास वे तभी ले सकेंगी और तभी उन्हें मुक्ति भी मिलेगी। और बुद्ध ने भी एक दिन आयुष्मान् आनन्द से, ईषत् पश्चात्ताप के साथ कहा कि 'आनन्द! मैंने जो धर्म चलाया था, वह पाँच सहस्र वर्ष तक चलनेवाला था, किन्तु अब वह केवल पाँच सौ वर्ष चलेगा, क्योंकि नारियों को मैंने भिक्षुणी होने का अधिकार दे दिया है।'

धर्म-साधक महात्मा और साधु नारियों से भय खाते थे। विचित्र बात तो यह है कि इनमें से कई महात्माओं ने ब्याह भी किया और फिर नारियों की निन्दा भी की।

कबीर साहब का एक दोहा मिलता है :

नारी तो हम हूँ करी, तब ना किया विचार।
जब जानी तब परिहरी, नारी महा विकार॥

नारियों की यह अवहेलना हमारे अपने काल तक भी पहुँची है। बर्नार्ड शॉ ने नारी को अहेरिन और नर को अहेर माना है। तात्पर्य यह कि अहेर को अहेरिन के पाश से बचकर चलना चाहिए। बहुत नीचे के स्तर पर कुछ ऐसी ही प्रतिक्रिया उन कवियों की भी है जो नारी को 'नागिन' या 'जादूगरनी' समझते हैं। लेकिन ये सब झूठी बातें हैं, जिनकी ईजाद पुरुष इसलिए करता है कि उनसे उसे अपनी दुर्बलता अथवा कल्पित श्रेष्ठता के दुलराने में सहायता मिलती है। असल में, विकार नारी में भी है और नर में भी; तथा नाग और जादूगर के गुण भी नारी में कम, पुरुष में अधिक होते हैं एवं आखेट तो मुख्यतः पुरुष का ही स्वभाव है।

इन सबसे भिन्न रवीन्द्रनाथ, प्रसाद और प्रेमचन्द-जैसे कवियों और रोमांटिक चिन्तकों में नारी का जो रूप प्रकट हुआ, वह भी उसकी अर्धनारीश्वरी-रूप नहीं है। प्रेमचन्द ने कहा है कि 'पुरुष जब नारी के गुण लेता है तब वह देवता बन जाता है; किन्तु नारी जब नर के गुण सीखती है तब वह राक्षसी हो जाती है।'

इसी प्रकार, प्रसाद जी की इड़ा के विषय में यदि यह कहा जाए कि इड़ा वह नारी है जिसने पुरुषों के गुण सीखे हैं तो निष्कर्ष यही निकलेगा कि प्रसाद जी भी नारी को पुरुषों के क्षेत्र से अलग रखना चाहते थे।

और रवीन्द्रनाथ का मत तो और भी स्पष्ट है। वे कहते हैं:

नारी यदि नारी हय
शुधू शुधू धरणीर शोभा, शुधू आलो,
शुधू भालोवासा, शुधू सुमधुर छले,
शतरूप भंगिमाय पलके-पलके
फुटाय-जड़ाए बंके बेंधे हेंसे केंदे
सेवाये सोहागे छेपे चेपे थाके सदा
तबे तार सार्थक जनम। की होइवे
कर्म-कीर्ति, वीर्यबल, शिक्षा-दीक्षा तार?

अर्थात् नारी की सार्थकता उसकी भंगिमा के मोहक और आकर्षक होने में है, केवल पृथ्वी की शोभा, केवल आलोक, केवल प्रेम की प्रतिमा बनने में है। कर्मकीर्ति, वीर्यबल और शिक्षा-दीक्षा लेकर वह क्या करेगी?

मेरा अनुमान है कि ऐसी प्रशस्तियों से ललनाएँ अभी भी बुरा नहीं मानतीं। सदियों की आदत और अभ्यास से उनका अन्तर्मन भी यही कहता है कि नारी-जीवन की सार्थकता पुरुष को रिझाकर रखने में है। यह सुनना उन्हें बहुत अच्छा लगता है कि नारी स्वप्न है, नारी सुगन्ध है, नारी पुरुष की बाँह पर झूलती हुई जूही की माला है, नारी नर के वक्षस्थल पर मन्दार का हार है। किन्तु यही वह पराग है जिसे अधिक-से-अधिक उँडेलकर, हम नवयुग के पुरुष, नारियों के भीतर उठनेवाले स्वातन्त्र्य के स्फुलिंगों को मन्द रखना चाहते हैं।

यतियों का अभिशप्त काल समाप्त हो गया। अब नारी विकारों की खान और पुरुषों की बाधा नहीं मानी जाती है। वह प्रेरणा का उद्गम, शक्ति का स्रोत और पुरुषों की क्लान्ति की महौषधि हो उठी है। फिर भी, नारी अपनी सही जगह पर नहीं पहुँची है। पुरुष नारी से अब यह कहने लगा है कि 'तुम्हें घर से बाहर निकलने की क्या जरूरत है? कमाने को मैं

अकेला काफी हूँ। तुम घर बैठे खर्च किया करो।' किन्तु इतना ही यथेष्ट नहीं है। नारियों को सोचना चाहिए कि पुरुष ऐसा कहता क्यों है। स्पष्ट ही, इसलिए कि नारी को वह अपनी क्रीड़ा की वस्तु मानता है, आराम के समय अपने मनोविनोद का साधन समझता है। इसलिए वह नहीं चाहता कि आनन्द की इतनी अच्छी मूर्ति पर थोड़ी भी धूल या थोड़ा भी धुएँ का धब्बा लगे।

नारी और नर एक ही द्रव्य की ढली दो प्रतिमाएँ हैं। आरम्भ में दोनों बहुत कुछ समान थे। आज भी प्रत्येक नारी में कहीं-न-कहीं कोई नर प्रच्छन्न है और प्रत्येक नर में कहीं-न-कहीं एक क्षीण नारी छिपी हुई है। किन्तु सदियों से नारी अपने भीतर के नर को और नर अपने भीतर की नारी को बेतरह दबाता आ रहा है। परिणाम यह है कि आज सारा जमाना ही मरदाना मर्द और औरतानी औरत का जमाना हो उठा है। पुरुष इतना कर्कश और कठोर हो उठा है कि युद्धों में अपना रक्त बहाते समय उसे यह ध्यान भी नहीं रहता कि रक्त के पीछे जिनका सिन्दूर बहनेवाला है, उनका क्या हाल होगा। और न सिन्दूरवालियों को ही इसकी फिक्र है कि और नहीं तो, उन जगहों पर तो उनकी राय खुले जहाँ सिन्दूर पर आफत आने की आशंका है। कौरवों की सभा में यदि सन्धि की वार्ता कृष्ण और दुर्योधन के बीच न होकर कुन्ती और गांधारी के बीच हुई होती, तो बहुत सम्भव था कि महाभारत नहीं मचता। किन्तु कुन्तियाँ और गांधारियाँ तब भी निश्चेष्ट थीं और आज भी निश्चेष्ट हैं। बल्कि द्वापर से कलिकाल तक पहुँचते-पहुँचते वे अपने भीतर की नरता का और भी अधिक दलन कर चुकी हैं। जहाँ कहीं फूलों का प्रदर्शन और रेशमी वस्त्रों की हाट है, नारियाँ अपने मन से वहीं जमा होती हैं। जिन कांडों से फूलों के बाग उजड़ते और रेशमी वस्त्रों के बाजार जलकर खाक हो जाते हैं, उनके संचालन और नियन्त्रण का सारा भार उन्होंने पुरुषों पर डाल रखा है। आधी दुनिया उछलने-कूदने, आग लगाने और उसे बुझाने में लगी हुई है और आधी दुनिया फूलों की सैर में है।

नर-नारी के प्रचलित सम्बन्धों का मनोवैज्ञानिक प्रभाव संसार के इतिहास पर पड़ रहा है और जब तक ये सम्बन्ध नहीं सुधरते, शान्ति के

मार्ग की सारी बाधाएँ दूर नहीं होंगी। नारी कोमलता की आराधना करते-करते इतनी कोमल हो गई है कि अब उसे दुर्बल कहना चाहिए। उसने पौरुष से अपने-आपको इतना विहीन बना लिया है कि कर्म के बड़े क्षेत्रों में पाँव धरते ही उसकी पत्तियाँ कुम्हलाने लगती हैं। और पुरुष में कोमलता की जो प्यास है, उसे नारी भली भाँति शान्त कर देती है। फिर पुरुष अपने भीतर कोमलता का विकास क्यों करे?

इस स्थिति से बाहर निकलने का रास्ता वह नहीं है जिसे रोमांटिक कवियों और चिन्तकों ने बतलाया है, बल्कि वह जिसकी ओर संकेत गांधी और मार्क्स करते हैं। निवृत्ति-मार्गियों की तरह नारी से दूर भागने की बात निरी मूर्खता की बात है; और भोगवादियों के समान नारी को निरे भोग की वस्तु मान बैठना और भी गलत है। नारी केवल नर को रिझाने अथवा उसे प्रेरणा देने को नहीं बनी है। जीवन-यज्ञ में उसका भी अपना हिस्सा है और वह हिस्सा घर तक ही सीमित नहीं, बाहर भी है। जिसे भी पुरुष अपना कर्मक्षेत्र मानता है, वह नारी का भी कर्मक्षेत्र है। नर और नारी, दोनों के जीवनोद्देश्य एक हैं। यह अन्याय है कि पुरुष तो अपने उद्देश्य की सिद्धि के लिए मनमाने विस्तार का क्षेत्र अधिकृत कर ले और नारियों के लिए घर का छोटा कोना छोड़ दे। जीवन की प्रत्येक बड़ी घटना आज केवल पुरुष-प्रवृत्ति से नियन्त्रित और संचालित होती है। इसीलिए उसमें कर्कशता अधिक, कोमलता कम दिखाई देती है। यदि इस नियन्त्रण और संचालन में नारियों का भी हाथ हो तो मानवीय सम्बन्धों में कोमलता की वृद्धि अवश्य होगी।

यही नहीं, प्रत्युत् प्रत्येक नर को एक हद तक नारी और प्रत्येक नारी को एक हद तक नर बनाना भी आवश्यक है। गांधी जी ने अपने जीवन के अन्तिम दिनों में नारीत्व की भी साधना की थी। उनकी पोती ने उन पर जो पुस्तक लिखी है, उसका नाम ही 'बापू, मेरी माँ' है। दया, माया, सहिष्णुता और भीरुता–ये स्त्रियोचित गुण कहे जाते हैं। किन्तु क्या इन्हें अंगीकार करने से पुरुष के पौरुष में कोई दोष आनेवाला है? दया, माया और सहिष्णुता ही नहीं, भीरुता का भी एक अच्छा पक्ष है जो मनुष्य को अनावश्यक विनाश से बचाता है। उसी प्रकार, अध्यवसाय, साहस और शूरता का वरण करने से भी नारीत्व की मर्यादा नहीं घटती।

अर्धनारीश्वर केवल इसी बात का प्रतीक नहीं है कि नारी और नर जब तक अलग हैं तब तक दोनों अधूरे हैं, बल्कि इस बात का भी कि जिस पुरुष में नारीत्व नहीं, वह अधूरा है एवं जिस नारी में पुरुषत्व नहीं, वह भी अपूर्ण है। इसलिए सच्ची याचना यह नहीं है कि पुरुषों के भीतर नारीत्व की ज्योति जगे, बल्कि यह कि प्रत्येक नारी में भी पौरुष का स्पष्ट आभास हो :

मही माँगती प्राण-प्राण में सजी कुसुम की क्यारी;
स्वप्न-स्वप्न में गूँज सत्य की, पुरुष-पुरुष में नारी।

[1954 ई.]

शान्ति की समस्या

प्रवृत्ति और निवृत्ति, ये धर्म की राजनीति हैं, जैसे इलियट ने क्लासिसिज्म और रोमांटिसिज्म को साहित्य की राजनीति कहा है। फिर भी, यह ठीक है कि प्रवृत्ति की अधिकता मनुष्य को लोभी और पर-पीड़क बना देती है। इसी प्रकार निवृत्ति की अधिकता से मनुष्य निर्धन और अत्याचार सहने योग्य हो जाता है।

किन्तु दोनों में से कौन-सा मार्ग श्रेष्ठ है? हुआ तो भारत में भी यही कि जब हम निवृत्तिवादी दर्शन के अधीन हुए, हमारी राजनीतिक स्वतन्त्रता जाती रही और जब हमने प्रवृत्ति के छूटे हुए सूत्र को फिर से पकड़ा, हम तुरन्त स्वतन्त्र हो गए। तो क्या अब हम निवृत्ति से बिलकुल अलग हो रहेंगे और प्रवृत्ति को उसी जोर से अथवा उसी अर्थ में ग्रहण करेंगे जिस जोर से या जिस अर्थ में उसे पश्चिमी जगत के लोग ग्रहण किए हुए हैं? प्रवृत्ति के अनेक गुण हैं, किन्तु उचित मात्रा में निवृत्ति को धारण किए

बिना संसार में शान्ति नहीं आएगी, न मनुष्य को सन्तोष प्राप्त होगा। भविष्य तो सुस्पष्टता से दिखलाई नहीं पड़ता, किन्तु अतीत की शिक्षा का सार यह मालूम होता है कि संसार, अन्ततोगत्वा, उनका होगा जो किसी हद तक असंसारी हैं।

संसार को शान्ति की आवश्यकता पहले भी थी और आज भी है, प्रत्युत् युद्ध की घातकता में जो अपरिमित वृद्धि हुई है, उससे शान्ति की आवश्यकता आज जितनी अधिक प्रतीत होती है उतनी वह पहले कभी और अनुभूत नहीं हुई थी। यही कारण है कि शान्ति को मनुष्य आज जिस निश्छलता से पुकार रहा है, उस निश्छलता से उसने पहले उसे कभी नहीं पुकारा था। किन्तु शान्ति की पुकार ज्यों-ज्यों जोर पकड़ती जा रही है, त्यों-त्यों यह रहस्य भी खुलता जाता है कि प्रवृत्ति की गाढ़ी-कड़वी स्याही से शान्ति की कविता नहीं लिखी जा सकती। शान्ति की कविता लिखने के लिए उसमें निवृत्ति का पतला पानी मिलाया जाना चाहिए।

शान्ति की नाव कहाँ अटकी हुई है? क्या शान्ति की बाधा साम्यवाद है, जिससे प्रजातन्त्रवादी देश संसार की रक्षा करना चाहते हैं? अथवा शान्ति की बाधा मरणशील पूँजीवाद है? ये समस्या के बाहरी रूप हैं। मुख्य बाधा मनुष्य की भोगवादी वृत्ति है; मुख्य बाधा मनुष्य की असहिष्णुता है; मुख्य बाधा मनुष्य में मानसिक हिंसा का यह भाव है कि संसार का कल्याण केवल उस मार्ग पर चलने में है जिस पर मैं चल रहा हूँ। शान्ति के अवतरित होने के पूर्व मनुष्य में मानसिक अथवा बौद्धिक अहिंसा का उदय होना आवश्यक है।

सत्य केवल वही नहीं है जो हमें दिखाई देता है। सम्भव है, वह बात भी सत्य हो जो दूसरों के मुख से आ रही है। हिंसा केवल शारीरिक क्लेश का नाम नहीं है, न हिंसा केवल निन्दा और अपशब्द को कहते हैं। आँखें मूँदकर यह मान बैठना भी हिंसा ही है कि सत्य केवल वह है जो मुझे दिखाई पड़ता है। बौद्धिक अहिंसा मन की उदारता को कहते हैं। बौद्धिक अहिंसा समझौते और सामंजस्य की वृत्ति का नाम है। सत्य के मार्ग पर आए हुए व्यक्ति की सबसे बड़ी पहचान यह है कि वह दुराग्रही नहीं होता। वह इस हठ को नहीं मानता कि मेरा मार्ग सही तथा और सबके मार्ग गलत हैं।

भारत ने अहिंसा की साधना करते-करते जिस सर्वश्रेष्ठ सिद्धान्त का पता लगाया, वह अनेकान्तवाद या स्याद्वाद का सिद्धान्त है और भारत के सबसे बड़े अनेकान्तवादी सन्त महात्मा गांधी हुए हैं जो समझौते के सबसे बड़े प्रेमी थे। अनेकान्तवाद, शान्ति, समझौता और राज्यहीन समाज–ये एक ही तत्त्व के अनेक नाम हैं। जैसे राज्यहीन समाज में मनुष्य लाठी से हाँककर पहुँचाया नहीं जा सकता (राज्यहीन समाज के दरवाजे पर पहुँचने के पूर्व मनुष्य को भली भाँति निर्मल हो जाना पड़ेगा), उसी प्रकार, जब तक मनुष्य आँखें लाल करके बहस करने का आदी है, तब तक उसे शान्ति नहीं मिलेगी। शान्ति का मार्ग समझौते का मार्ग है, सह-अस्तित्व का मार्ग है, अनेकान्तवाद और स्याद्वाद का मार्ग है। शारीरिक हिंसा मनुष्य उसी अनुपात में कम करेगा जिस अनुपात में वह मानसिक हिंसा से परहेज करता है, जिस अनुपात में वह विरोधी मतों को समझने की धीरता प्राप्त करता है। शान्ति, विश्वबन्धुत्व और विश्ववाद–ये बहुत-कुछ वे ही गुण हैं, जिनका प्रतिनिधित्व पहले धर्म करता था।

धर्म का प्राचीन रूप निरादृत हो गया, किन्तु उसके भीतर का सत्य अब नये नारों में अपना सिर उठा रहा है। यह शुभ लक्षण है, क्योंकि धर्म मनुष्य का स्वाभाविक गुण है। धर्म सभ्यता का सबसे बड़ा मित्र है। यदि धर्म नहीं रहा तो सभ्यता भी नहीं रहेगी। क्या शान्ति की रक्षा प्रत्येक घर में प्रहरी बिठलाकर की जाएगी? आज भी पुलिस उनके लिए नहीं रखी जाती जो धार्मिक हैं, बल्कि उनके कारण, जो धर्म को नहीं मानते, जो यह विश्वास करते हैं कि पुलिस से बचकर जो कुछ किया जाए, वह पाप नहीं है।

विज्ञान की अति ने, आखिरकार, मनुष्य की आत्मा को जगा दिया। जो मनुष्य धर्म को लात मारकर बुद्धि के नेतृत्व में चला था, वह अन्ततः, अब उस जगह पहुँच गया है जहाँ उसे यह सोचना पड़ रहा है कि बुद्धि, कदाचित, यथेष्ट नहीं है। विज्ञान हमें केवल शक्ति दे सकता है। उससे यह याचना ही व्यर्थ है कि इस शक्ति का उपयोग हम किस उद्‌देश्य के लिए करें। इस उद्‌देश्य की रचना धर्म किया करता था और आज भी यह कार्य धर्म के ही हवाले किया जाएगा। रूस अथवा चीन या पंडित जवाहरलाल ईश्वर को नहीं मानते, इससे धर्म का खंडन नहीं होता। बुद्धदेव ने जिस

धर्म की रचना की थी, वह अत्यन्त सात्त्विक था, किन्तु ईश्वर के लिए उसमें स्थान न था। ईश्वर रहे या न रहे, किन्तु मनुष्य के जीवन में धर्म का आवास रहना ही चाहिए। धर्म कोमलता है, धर्म दया है, धर्म विश्वबन्धुत्व और शान्ति है। घंटा, शंख, आरती और अज़ान–धर्म के ये चिह्न लुप्त होते जा रहे हैं और उनके लुप्त होने से मानवता की तनिक भी क्षति नहीं हुई। किन्तु कोमलता, दया और त्याग–ये आज भी आवश्यक हैं और धर्म में जो स्थान पहले वैयक्तिक मुक्ति का था, वह अब विश्वबन्धुत्व और शान्ति का माना जाना चाहिए। जो व्यक्ति मनुष्य-मनुष्य के बीच एकता को नहीं मानता, वह अधार्मिक है और जो शान्ति के पक्ष में अपनी जीभ खोलने से डरता है, उसे कायर नहीं, पापी कहना चाहिए।

भारत ने विश्व के शान्तियज्ञ में निर्भीकतापूर्वक जो भाग लिया है, उससे बाहर तो हमारा सुयश बढ़ा है, किन्तु देश के भीतर कहीं-कहीं लोग इस शंका से पीड़ित हो रहे हैं कि हमारी वैदेशिक नीति, हमारे अपने हित में, शायद ठीक नहीं है। उनके सामने काश्मीर और गोवा के प्रश्न हैं और वे समझते हैं कि हमारा शान्तिवाद हमारी राह में काँटा बनेगा। ये हिसाबी मुनीम की बातें हैं जो नफा और नुकसान के आँकड़ों से आगे नहीं देख सकता। प्रत्येक जाति की वैदेशिक नीति उसके राष्ट्रीय चरित्र की परछाईं होती है। हमारा राष्ट्रीय चरित्र योद्धा नहीं, शान्ति-सेवक का चरित्र रहा है। लगभग पाँच हजार वर्ष के इतिहास में हमने अपने देश से बाहर जाकर किसी देश पर आक्रमण नहीं किया, न हमने दूसरों का धन हरण करने अथवा उन्हें दास बनाने की कोशिश की। यह ठीक है कि देश के भीतर दिग्विजय करनेवाले योद्धा इस देश में भी बहुत हुए, किन्तु भारत नाम में जो दिव्यता है, उसके प्रतीक यहाँ अर्जुन नहीं, युधिष्ठिर रहे हैं; चन्द्रगुप्त नहीं, अशोक रहे हैं। और आधुनिक काल में भी भारतवर्ष की जनता का निश्छल प्रेम लोकमान्य तिलक की अपेक्षा महात्मा गांधी को अधिक प्राप्त हुआ।

हम स्वाधीन केवल अपना पेट पालने को नहीं हुए हैं। हमें विशाल विश्व की भी सेवा करनी है और, सम्भव हुआ तो, संसार की अशान्ति का भी कोई टिकाऊ समाधान निकालना है। विचित्र बात है कि आज जो देश जितना ही सबल और समृद्ध है, वह होश की बात भी उतना ही कम

करता है, मानो सत्य बोलना और अक्ल की सलाह देना केवल निर्बल राष्ट्रों का कार्य रह गया हो! भारत निर्बल और एक प्रकार से नवजात राष्ट्र है, किन्तु शान्ति और न्याय के पक्ष में वह जो निर्भीकता दिखला रहा है, वह आकस्मिक बात नहीं है। सच तो यह है कि हमारी वैदेशिक नीति और कुछ हो ही नहीं सकती थी। सिकन्दर, चंगेज खाँ, नेपोलियन और हिटलर की ओर लोभ की दृष्टि से देखना अब काल के प्रतिकूल देखने के समान है। आनेवाला विश्व सिकन्दर और हिटलर का विश्व नहीं, बुद्ध, ईसा, गांधी और जवाहर का संसार होगा। तलवार की दुनिया खत्म हो रही है। अगले संसार के नेता वे होंगे जो धीर और सहनशील हैं; जो समझौते और सह-अस्तित्व को कायरता नहीं, धर्म मानकर वरण करेंगे।

मगर, कश्मीर, गोवा और फारमोसा का क्या होगा? दिल की आग भभककर दिमाग पर छा जाती है। मनुष्य में अभी भैंस के कितने ही लक्षण विद्यमान हैं। भैंस में भी तो यह राष्ट्रीयता ही है कि वह दूसरी भैंस को अपने खूँटे के पास नहीं आने देती। छोटी मनुष्यता और बड़ी मनुष्यता में संघर्ष है। और इस संघर्ष में बर्बरता विजयिनी और संस्कृति पराजित होती देखी गई है, तो क्या इस भय से हम संस्कृति के विकास पर कहीं-न-कहीं रोक लगा दें और उतनी बर्बरता बराबर लिये रहें जो बर्बरता के वार से बचने अथवा उसे नियन्त्रित करने को आवश्यक है? उत्तर के लिए हमें चाणक्य-नीति के नहीं, अपने हृदय के पन्नों को उलटना चाहिए। यही वह असि-व्रत है जिसका पालन आज भारत कर रहा है और जिसका पालन सभी देशों को करना चाहिए :

पग-पग पर हिंसा की ज्वाला, चारों ओर गरल है;
मन को बाँध शान्ति का पालन करना नहीं सरल है।
तब भी जो नरवीर असिव्रत दारुण पाल सकेंगे,
वसुधा को विष के विवर्त से वही निकाल सकेंगे।

[नील कुसुम]

[1955 ई.]

कलाकार की सफलता

सारे संसार के लोग सफलता चाहते हैं। किन्तु सफलता तो गोल-मटोल शब्द है जिसके प्रसंगानुसार, अनेक अर्थ हो सकते हैं। परीक्षा में पास करने और अदालत में मुकदमा जीतने से लेकर अच्छी शादी, अच्छा व्यापार, अच्छी खेती और नौकरी में तरक्की तथा देश का प्रधानमन्त्री या राष्ट्रपति हो जाना—ये सब सफलता की बातें हैं। तो जो लोग सफलता चाहते हैं, वे असल में चाहते क्या हैं?

चीन का एक राजा एक दिन अपने राज्य के उस भाग को देखने गया जो समुद्र के तट पर पड़ता था। वहाँ उसने एक पहाड़ी पर स्थित अपने बँगले से देखा कि समुद्र में सैकड़ों जहाज उधर-से-इधर और इधर-से-उधर जा रहे हैं। यह सब देखकर राजा ने अपने मन्त्री से पूछा, 'इन सैकड़ों जहाजों में जो लोग हैं, वे क्या कर रहे हैं?' मन्त्री ने उत्तर दिया, 'महाराज! मुझे तो केवल दो ही जहाज दिखाई देते हैं जिनमें से एक का नाम रुपया और दूसरे का नाम कीर्ति है।'

मन्त्री का कहना बिलकुल ठीक था। संसार में जो भी व्यक्ति सफलता की खोज में है, वस्तुतः वह या तो रुपया खोज रहा है अथवा कीर्ति। और जिसे ये दोनों अथवा उनमें से एक भी वस्तु मिल जाती है, वह सबकी आँखों में सफल समझा जाने लगता है।

फिर भी, रुपया सफलता की पूरी निशानी नहीं है और अगर है भी तो उसे सफलता का स्थूल, प्रत्युत्, कुरूप लक्षण ही मानना चाहिए। सफल व्यक्ति का एक लक्षण यह है कि वह सुखी और सुप्रसन्न होता है। किन्तु समाज के जिस वर्ग में धन का आधिक्य है, उसमें सुखी व्यक्तियों की संख्या अत्यन्त थोड़ी मिलेगी। और समाज का जो वर्ग बिलकुल धनहीन है, उसमें सुखी व्यक्ति और भी कम मिलते हैं। सुखियों की तादाद उस वर्ग में सबसे अधिक है जो इन दोनों वर्गों के बीच में पड़ता है; अर्थात् धनियों और निर्धनों की अपेक्षा उन लोगों के सुखी होने की सम्भावना अधिक है जिनके पास धन की न तो अधिकता है, न उसका आत्यन्तिक अभाव, यानी जिनके पास जरूरत भर है और उससे अधिक नहीं है।

यही कुछ देखकर सुसंस्कृत व्यक्ति सदा से धन को एक हद तक आवश्यक और उसके बाद अनावश्यक मानते आए हैं। समाज के अनेक क्षेत्रों में जो अग्रणी लोग हैं, उनमें से अधिक ऐसे ही हैं जिन्हें खुद पानी पीने या परिवार को पानी पिलाने के लिए रोज नया कुआँ खोदना पड़ता है। इनमें से कितने ही ऐसे लोग हैं जो धनी बनना चाहें तो बन सकते हैं, किन्तु धन की ओर उनकी प्रवृत्ति नहीं जाती। एक तरह के लोग वे हैं जो व्यक्तित्व का नाश करके धन की वृद्धि करते हैं, तो दूसरी तरह के लोग वे हैं जो आए हुए धन से भी अपने व्यक्तित्व का विकास करते हैं। ये दूसरे प्रकार के लोग ही समाज के सेवक और मनुष्यता के असली भूषण होते हैं।

किन्तु धन के मोह से जो व्यक्ति मुक्त या लगभग मुक्त है, वह भी सुयश के बारे में संयम नहीं बरतता। कवि, कलाकार, नेता और गृहस्थ का तो कहना ही क्या, बड़े-बड़े योगी और महात्मा सुयश के पीछे दौड़ते फिरते हैं। और उनमें केवल सुयश की ही कामना नहीं होती, अपने प्रतिद्वन्द्वियों

से ईर्ष्या और डाह भी होती है। साधु दूसरे साधु की निन्दा सुनना चाहता है और जो मुनि माया से भागकर एकान्त में जा बैठा है, उसे भी अपनी प्रशंसा सुनकर प्रसन्नता होती है। एक वृद्ध विद्वान मुनिवृत्ति लेकर एकान्त में रहते थे और वहीं एक नवयुवक छात्र को पढ़ाया करते थे। एक दिन उन्होंने अपने शिष्य से कहा, 'धन की तृष्णा पर विजय पाना आसान है; किन्तु कीर्ति की वासना को जीतना आसान नहीं है। चिन्तक और विद्वान मुनियों को देखो। वे संसार से अवकाश ग्रहण करने पर भी चाहते हैं कि लोग उन्हें घेरे रहें। उनसे यह नहीं होता कि कहीं एकान्त में बैठकर किसी एक छात्र को पढ़ाकर सन्तोष करें, जैसे मैं अभी तुम्हें पढ़ा रहा हूँ।' शिष्य हाथ जोड़कर बोला, 'आप सत्य कहते हैं महाराज! ऐसे निर्लिप्त मुनि तो देश में केवल आप हैं।' और यह सुनकर मुनि जी के मुख पर हलकी मुसकान दौड़ गई।

और मुनि के मुख पर मुसकान दौड़ती कैसे नहीं? काम, क्रोध और लोभ के छूट जाने पर भी यशैषणा पीछा करती रहती है। मिल्टन ने कहा है, यशैषणा श्रेष्ठ मनुष्य की आखिरी कमजोरी है। फिर भी, प्रशंसा कोई बहुत बड़ी चीज नहीं है। सुयश से मिलनेवाला सुख श्रुति-चर्म पर उठनेवाली गुदगुदी का सुख नहीं तो और क्या है? जैसे हम स्पर्श, घ्राण, जिह्वा और नेत्र से अनेक प्रकार के नश्वर सुखों का स्वाद लेते हैं, वैसे ही अपनी प्रशंसा सुनने का सुख श्रवणेन्द्रिय से मिलनेवाला नश्वर सुख है। किन्तु इस सुख का मोह छूटता नहीं और छूटता भी है तो अन्य सभी विकारों के शमित हो जाने के बाद। यूनानी दार्शनिक सिसरो ने लिखा है कि जिन ग्रन्थों में दर्शनाचार्य यशैषणा से बचने का उपदेश देते हैं, उन्हीं ग्रन्थों में वे अपना नाम छोड़ जाते हैं; जिन पृष्ठों पर वे यह बताते हैं कि यशैषणा बुरी चीज है, उन्हीं पृष्ठों में उनकी कीर्ति-वैजयन्ती फहराने लगती है।

धन और कीर्ति के समान ही एक और सुख है जो अधिकारारूढ़ होने से मिलता है और जिसे अधिकार प्राप्त हो जाता है, समाज में उसे भी लोग सफल व्यक्ति मानने लगते हैं। अधिकारारूढ़ व्यक्ति को जो सुख मिलता है, वह धन-संचय का सुख नहीं है। इस वर्ग के व्यक्तियों में जो

सर्वश्रेष्ठ हैं, सच पूछिए तो, उनमें अर्थ-संचय की प्रवृत्ति नहीं होती। फिर भी वे बहुत सुखी होते हैं क्योंकि समाज उनका सत्कार करता है, जैसा सत्कार वह धनियों का तो क्या, विद्वानों और महाचिन्तकों का भी नहीं करता। धन का मूल्य अब समाज में क्षीण होने लगा है, इसलिए अब धनी व्यक्ति भी सुयश चाहने लगा है और सुयश के द्वारा वह, कदाचित्, अधिकार में आना चाहता है।

अब प्रश्न यह उठता है कि धन, कीर्ति और अधिकार–सफलता के जो ये तीन प्रतीक हैं, उनके प्रति कलाकार का क्या भाव होता है? तीनों में से प्रत्येक वस्तु बड़ी लुभावनी है और मिल जाने से उसका उपभोग करने में कलाकार को भी सुख ही मिलता होगा। यह बहुत कुछ वैसी ही बात है, जैसे किसी संयमी के मुख में आप जबर्दस्ती रसगुल्ला ठूँस दें तो वह उसे मीठा ही लगेगा। किन्तु किसी वस्तु का अनायास प्राप्त हो जाना एक बात है और उसके पीछे दौड़ते चलना बिलकुल दूसरी बात है। नई संसद की स्थापना के बाद अपने देश के भी कुछ कवि, लेखक, चिन्तक और कलाकार संसद अथवा विधान सभाओं के सदस्य बनाए गए हैं जो एक प्रकार से सत्ता के समीप पहुँचने का ही दृष्टान्त है। किन्तु इनमें से कितने लोग हैं जो संसद में बने रहने के लिए विकराल चुनावों का हाहाकार झेलने को तैयार होंगे? औरों की बात मैं नहीं जानता, किन्तु मेरे सामने यदि चुनाव लड़ने और दिल्ली से टिकट कटाने के केवल दो विकल्प रखे जाएँ तो मैं बड़ी ही आसानी से पिछला विकल्प कबूल कर लूँगा। कारण यह है कि राजनीति की गहराई में जाने के लिए जिन गुणों की आवश्यकता होती है, उनमें से अनेक ऐसे हैं जिनका कलाकार के मौलिक गुणों से प्रत्यक्ष विरोध है। इन गुणों को अंगीकार करने से मेरे अपने गुणों के आहत हो जाने का भय है और मैं कभी भी यह बात नहीं भूल सकता कि देश ने मुझे संसद में राजनीति करने की नहीं, प्रत्युत कला, साहित्य और संस्कृति की ही सेवा के निमित्त भेजा है। इन मूल्यों की अधिक सेवा तो संसद से बाहर ही की जा सकती है, किन्तु वर्ष में दो-एक बार उनकी सीमित सेवा का अवसर संसद में भी आ जाते हैं। बस, साहित्यिकों के राजनीति में जाने का मैं इतना ही महत्त्व मानता हूँ।

और इसीलिए मेरा निश्चित मत है कि साहित्यिकों का संसद-सदस्य या राजमन्त्री हो जाना बिलकुल आनुषंगिक बात है और उसके आधार पर साहित्यिकों की वास्तविक सफलता का मूल्यांकन नहीं किया जा सकता। यह बहुत कुछ वैसी ही बात है, जैसे कोई व्यक्ति कवि होने के साथ थोड़ा-सा पहलवान भी हो जाए। किन्तु कविता को आगे रखकर वह यदि कसकर दंड-बैठक करने लगे तो इससे उसके काव्य का मूल्य नहीं बढ़ सकता।

फिर भी इतिहास में बहुत-से ऐसे कवि हुए जो राजमन्त्री भी थे अथवा राजाओं के यहाँ जिनका बड़ा मान था। किन्तु बहुत-से कवि ऐसे भी हुए हैं जो राज्याश्रय को तुच्छ दृष्टि से देखते थे। कदाचित् कुम्भनदास ने कहा था, 'सन्त को सिकरी सों का काम?' और तुलसीदास जी के पास अकबर या जहाँगीर ने मनसबदारी का प्रस्ताव भेजा था या नहीं, इसका कोई ऐतिहासिक प्रमाण नहीं मिलता, फिर भी कवि और मनसबदार की पारस्परिक तुलना करते हुए गोसाईं जी ने उमंग में आकर यह दोहा कह दिया कि :

हम चाकर रघुवीर के, पटौ लिख्यौ दरबार;
तुलसी अब का होहिंगे नर के मनसबदार!

और केवल सन्त कवियों का ही नहीं, बहुत-से गृहस्थ कवियों का भी राज्याश्रय के प्रति यही दृष्टिकोण था। अकबर के समकालीन श्रीधर नामक एक कवि ने लिखा है :

अब के सुल्तान भय फुहियान-से बाँधत पाग अटब्बर की।
नरकी नरकी कविता जो करै तेहि काटहु जीभ सुलब्बर की।
इक श्रीधर आस है श्रीधर की नहिं त्रास अहै कोउ बब्बर की।
जिन्हें कोउ न आस अहै जग में सो करौ मिलि आस अकब्बर की।

धन-संचय की प्रवृत्ति असाहित्यिकों में भी अब उतनी शोभनीय न रही, जितनी वह मध्यकालीन युगों में थी। इसलिए धन की कसौटी पर कलाकार की सफलता का अंकन नहीं किया जा सकता। उन्नत देशों में

साहित्यिक और कलाकार अब सुखी होने लगे हैं। किन्तु प्राचीन विश्व में तो वे सर्वत्र आर्थिक संकटों में ही रहे। लेकिन अर्थाभाव के चलते उनमें सफलता का अभाव नहीं हुआ। अतएव कलाकार की सफलता की कसौटी धन नहीं हो सकता और आगे तो यह कसौटी और भी अप्रासंगिक हो जाएगी क्योंकि संसार धीरे-धीरे समाजवाद की ओर जा रहा है और समाजवाद धन के वैयक्तिक संचय का विरोधी है। इसलिए आचार्य मम्मट की 'काव्यं अर्थकृते' वाली कसौटी को अब खंडित समझना चाहिए।

रह गई सुयश की बात। सो इस गुत्थी को सुलझाना आसान नहीं है। अपनी प्रशंसा सुनने का सुख भी ऐन्द्रिय सुख ही है, इसलिए कोई भी कवि या कलाकार यह स्वीकार नहीं करेगा कि रचना वह अपनी सुयश-वृद्धि के लिए करता है। और एक कवि की सुयश-वृद्धि से दस कवि जिस प्रकार जलने लगते हैं तथा साहित्य में जो भयानक जहरीला धुआँ फैलने लगता है, उससे सुयश भी कभी-कभी यशस्वी कवि के क्लेश का ही कारण बन जाता है। रवि बाबू को जब नोबुल पुरस्कार मिला तब बंगाल के साहित्यिक दल बाँधकर उनका सत्कार करने गए। उस अवसर पर उन्होंने कहा था कि 'कवि के काव्य से कहीं धूप और कहीं छाया उत्पन्न होती है और जिनके हृदय में छाया उत्पन्न होती है, वे कवि पर भाँति-भाँति से प्रहार करते हैं। मेरी कविताओं के सम्बन्ध में भी इस नियम का तनिक भी अपवाद नहीं हुआ।' इन पंक्तियों में जो व्यथा है, वह असफल कवि की व्यथा नहीं है, प्रत्युत उसे तो हम कीर्ति की ही वेदना कह सकते हैं। इसी प्रकार इकबाल के सुयश से जले हुए लोगों ने जब उन पर निर्मम प्रहार करना आरम्भ किया तब उन्होंने क्षुब्ध होकर कह दिया :

जीना वो क्या जो हो नफसे-गैर पर मदार?
शहरत की जिन्दगी का भरोसा भी छोड़ दे।

किन्तु कवि क्या दूसरों की साँस के भरोसे जीता है? और रचनाएँ क्या केवल सुयश बटोरने को करता है? आचार्य मम्मट ने काव्य की प्रेरणाओं में सुयश को पहला स्थान दिया है। 'काव्यं यशसे' अर्थात् कविता प्रसिद्धि के

लिए रची जाती है। किन्तु, कवियों से पूछकर देख लीजिए, उनमें से प्रत्येक यही कहेगा कि कविता वह प्रसिद्धि के लिए नहीं, आत्मसुख के लिए लिखता है। तुलसीदास जी की 'स्वान्तः सुखाय' वाली उक्ति कवियों को जितनी पसन्द है उतनी पाठकों को तो क्या आती होगी! किन्तु यह भी सत्य है कि प्रत्येक कवि सुयश चाहता है क्योंकि प्रशंसा कलाकारों की प्रतिभा का मुख्य आहार है। और प्रशंसा भी कलाकार उनके मुख से चाहते हैं जो समाज के शिष्ट एवं सुसंस्कृत सदस्य हैं :

सरस कबिन के चित्त को बेधत द्वै वे कौन?
असमझवार सराहिबो समझवार को मौन।

और इसमें कलाकारों के लज्जित होने की कोई बात भी नहीं दीखती क्योंकि सुयश की कामना कलाकृतियों की रचना की प्रक्रिया में ही समाहित होती है। यह ठीक है कि प्रत्येक कवि रचना अपने आनन्द के लिए करता है, किन्तु साथ-साथ वह यह भी सोचता जाता है कि इस रचना से पाठकों को आनन्द मिलेगा या नहीं। कला और साहित्य की रचना कवि या कलाकार का केवल आत्मनिष्ठ कार्य नहीं होता, प्रत्युत उस पर उन लोगों की रुचि का भी प्रभाव पड़ता है जो कवि के मुख्य श्रोता या पाठक होते हैं। जिस कवि को श्रोता या पाठक नहीं मिलते, वह असमय मौन हो जाता है। इसके प्रतिकूल, जिसे अच्छे पाठक मिल जाते हैं, उसका उत्साह दूना हो जाता है और इस उमंग में उसके भीतर की दबी-से-दबी अनुभूतियाँ भी उभरकर बाहर आ जाती हैं। बहरे लोगों के बीच बैठकर साहित्य की रचना करने से बढ़कर और अप्रिय कार्य की मैं कल्पना नहीं कर सकता।

अपनी रचना से कवि को जो आनन्द मिलना होता है, वह उसे अभिव्यक्ति के समय मिल जाता है। उसके बाद कवि अपनी रचनाएँ अपने आनन्द के लिए नहीं पढ़ता। वह उन्हें दूसरों को आनन्द देने को पढ़ता है। और जब दूसरे लोग उसकी रचनाओं से आनन्द पाने लगते हैं तब कवि को जो प्रसन्नता होती है, वह असल में सुयक्ष से ही मिलनेवाली प्रसन्नता है।

किन्तु इस सुयश को क्या हम दूषित कहेंगे? यदि हाँ, तो इसका दूषण कहाँ पर है और वह कैसे दूर हो सकता है? जिस वस्तु की रचना ही दूसरों को जाग्रत, उत्तेजित अथवा प्रसन्न करने को की गई हो, उसकी सफलता तो तभी समझी जाएगी जब उसके सम्पर्क में आनेवाले लोग जाग्रत, उत्तेजित अथवा प्रसन्न हो जाएँ और यही जागृति, उत्तेजना और प्रसन्नता कीर्ति बनकर कवि को घेर लेती है। रचना की इस प्रक्रिया को न तो कवि रोक सकता है, न पाठक-समुदाय। कविता की प्रक्रिया उसकी रचना के साथ पूरी नहीं होती। पूरी वह तब होती है जब पाठक उससे आन्दोलित होने लगते हैं।

इसलिए कलाकार की सफलता की कसौटी केवल यह हो सकती है कि उसकी कृतियों से समाज आन्दोलित हुआ है या नहीं, और यदि हुआ है तो उसकी रचनाओं से प्रभावित होनेवालों का सांस्कृतिक धरातल क्या है?

[1956 ई.]

आदर्श मानव राम

आदर्श मानव कौन है, इसका समाधान उतना ही कठिन है जितना इस प्रश्न का कि आदर्श कर्म क्या है अथवा आदर्श आचरण किसे कहते हैं। एक परिस्थिति में जो आचरण अधर्म माना जाता है, दूसरी परिस्थिति में वही धर्म का रूप ले लेता है। एक काल में जो कर्म गर्हित समझा जाता है, दूसरे काल में वही कर्म पवित्र बन जाता है एवं एक समाज में जो क्रिया अच्छी समझी जाती है, दूसरे समाज में वही निन्दनीय बन जाती है। इसीलिए, महाभारत ने बार-बार दुहराया है, 'सूक्ष्मा गतिर्हि धर्मस्य' अर्थात् धर्म या व्यावहारिक नीति-धर्म की गति बड़ी ही सूक्ष्म होती है; एवं गीता का कथन है कि 'किं कर्म किमकर्मेति कवयोऽप्यत्र मोहिताः'—कर्म और अकर्म क्या है, इसके निश्चयन में द्रष्टाओं को भी मोह होता है।

यदि रामकथा के इतिहास को देखें तो पता चलेगा कि इस महान चरित-विषयक अनुभूति भी बराबर बदलती रही है। भवभूमि के राम ठीक

वे नहीं हैं जो वाल्मीकि के राम हैं और तुलसी के राम वाल्मीकि तथा भवभूति–दोनों के रामों से भिन्न हैं। इसी प्रकार, 'साकेत' के राम पहले के सभी रामों से भिन्न हो गए हैं। वाल्मीकि के राम जब शूद्र-तपस्वी शंबूक का वध करते हैं तब उनके हृदय में करुणा नहीं उपजती, न इस कृत्य से किसी और को ही क्लेश होता है। उलटे, देवता राम पर पुष्पों की वृष्टि करते हैं और सारा वातावरण इस भाव से भर जाता है कि शम्बूक का वध करके राम ने एक अनिवार्य धर्म का पालन किया है। किन्तु वाल्मीकि से भवभूति की दूरी बहुत अधिक है। इस लम्बी अवधि के बीच, जैन और बौद्ध प्रचारकों ने जनता के मन में यह भाव जगा दिया था कि, हो न हो, सभी मनुष्य जन्मना समान हैं और तपस्या यदि सुकर्म है तो वह शूद्रों के लिए वर्जित नहीं समझी जानी चाहिए। परिणाम इसका यह हुआ कि भवभूति जब उत्तर रामचरित में शम्बूक-वध का दृश्य दिखलाने लगे तब उनका हृदय कराह उठा। किन्तु इस करुणा को उन्होंने स्वयं न कहकर राम के ही मुख में डाल दिया। भवभूति के राम जब शम्बूक का वध करना चाहते हैं तब शम्बूक पर उनका हाथ नहीं उठता और वे स्वयं अपनी भुजा को ललकार कर कह उठते हैं :

हे हस्त दक्षिण! मृतस्य शिशोर्द्विजस्य
जीवातवे विसृज शूद्रमुनौ कृपाणम्,
रामस्य गात्रमसि निर्भरगर्भखिन्न–
सीताविवासनपटोः करुणा कुतस्ते?

[हे मेरे दाहिने हाथ! तू शूद्र मुनि के ऊपर कृपाण चला, जिससे ब्राह्मण का मृत पुत्र जी उठे। तू तो उस राम का गात्र है जिसने भारी गर्भभार से श्रमित सीता को निर्वासित कर दिया है। तुझमें करुणा कहाँ से आ गई (कि शूद्र मुनि पर तलवार चलाने में हिचकिचा रहा है)?]

तुलसीदास जी के समय तक आते-आते वृद्ध द्वारा प्रवर्तित बृहत् मानवता का आन्दोलन और भी पुष्ट हो गया एवं नारी और शूद्र के प्रति जनता की भावना कुछ और उदार हो गई। परिणामतः गोस्वामी जी ने 'रामचरितमानस' में शम्बूक-वध एवं सीता-परित्याग की कथाएँ नहीं लिखीं।

यदि उन्होंने ये कथाएँ लिखी होतीं तो उनके राम हमारे लिए कहाँ तक ग्राह्य होते, यह सन्दिग्ध विषय है।

इसी प्रकार, 'साकेत' के राम, अनायास ही, उस युग से प्रभावित हो गए हैं जिसके संस्कारों की रचना स्वामी दयानन्द तथा स्वामी विवेकानन्द ने की थी। वेदों का प्रचार और आर्यधर्म का विज्ञापन, यह स्वामी दयानन्द का सबसे प्यारा ध्येय था एवं स्वामी विवेकानन्द का उपदेश था कि परलोक की आराधना में लोक की उपेक्षा मत करो। 'साकेत' के राम इन दोनों महात्माओं के उद्देश्यों को आगे बढ़ाते हैं :

बहु जन वन में हैं बने ऋक्ष-वानर-से,
मैं दूँगा अब आर्यत्व उन्हें निज कर से।
उच्चारित होती चले वेद की वाणी,
गूँजे गिरि-कानन, सिन्धु पार कल्याणी।

तथा

सन्देश यहाँ मैं नहीं स्वर्ग का लाया,
इस भूतल को ही स्वर्ग बनाने आया।

इस दृष्टि से देखने पर यह कहना कठिन हो जाता है कि भगवान रामचन्द्र का कौन रूप आदर्श है और कौन नहीं। उनका चरित्र हजारों वर्ष से हमारे राष्ट्रीय जीवन के साथ रहा है और भारतीय आदर्श में समय-समय पर जो परिवर्तन हुए हैं, उनकी अनुभूतियाँ रामचरित-विषयक नये काव्यों में समाविष्ट होती आई हैं। यही कारण है कि रामकथा के मूलकाव्य वाल्मीकि-रामायण में राम का जो रूप चित्रित हुआ, 'साकेत' तक आते-आते वह बहुत कुछ परिवर्तित हो गया है। विशेषतः, वाल्मीकि और तुलसी के हाथों जिन दो रामों की सृष्टि हुई, वे परस्पर भिन्न-से लगते हैं। वाल्मीकि के राम मनुष्य हैं एवं मानवोचित दुर्बलताओं की झाँकी उनके चरित्र में स्पष्ट दिखाई देती है। किन्तु तुलसीदास जी ने राम की मानवीय दुर्बलताओं को बिलकुल नहीं तो, बहुत दूर तक आँखों से ओझल कर दिया है। जैसा गोस्वामी जी का विश्वास था, उनके राम साक्षात्

परब्रह्म के अवतार हैं एवं लौकिक आचरण वे केवल लीला के लिए करते हैं। सीता के विरह में ईषत् रुदन, लक्ष्मण की मूर्च्छा के समय क्रन्दन और विलाप तथा जटायु के सामने रावण को लक्ष्य करके कुछ दर्प-प्रदर्शन—ये ही कुछ थोड़ी मानवीय झाँकियाँ हैं जो हमें तुलसी के राम में मिलती हैं। बाकी तो वे सदैव मन की उच्च स्थिति में ही विद्यमान मिलते हैं।

यहाँ यह प्रश्न फिर उठता है कि आदर्श मनुष्य कौन है : वह, जो रोगों से सर्वथा मुक्त होकर देवत्व के सिंहासन पर विराजमान है अथवा वह, जो मानवीय दुर्बलताओं का सामना करके बराबर उनसे ऊपर रहने के प्रयास में है? यदि आदर्श मनुष्य देवता का पर्याय है तो, निश्चय ही इस आदर्श की पूरी झाँकी तुलसी के राम में है। किन्तु मनुष्य का जो संघर्ष वाला स्वरूप है, उसका आदर्श तुलसी में नहीं, वाल्मीकि के राम में मिलेगा।

मनुष्य का सामान्य लक्षण एक प्रकार का मानसिक संघर्ष है। प्रत्येक मनुष्य के भीतर उच्च और निम्नगामी भावनाओं के बीच द्वन्द्व चला करता है। विकारों का उद्वेग सभी मनुष्यों में उठता है और यह उद्वेग मनुष्यों को नीचे ले जाना चाहता है। ऊँचा अथवा आदर्श मनुष्य वह है जो इन विकारों की अधीनता स्वीकार नहीं करता, प्रत्युत् उन्हें दबाकर अथवा उनका परिष्कार करके अपने आन्तरिक व्यक्तित्व को बराबर उच्च स्थिति में बनाए रखता है। वाल्मीकि ने जिस राम का चरित लिखा है, वे ऐसे ही मनुष्य हैं।

माता और पिता जब राम को वन जाने की आज्ञा देते हैं तब वाल्मीकि और तुलसी, दोनों के अनुसार, राम इस आज्ञा को बड़े ही हर्ष से शिरोधार्य कर लेते हैं। यह महापुरुषों का शील है। यह परिवार और समाज की मर्यादा के पालन का दृष्टान्त है। और, सचमुच ही, वाल्मीकि और तुलसी में से दोनों ने राम को मर्यादा पुरुषोत्तम के रूप में चित्रित किया है। किन्तु प्रश्न रह जाता है कि क्या कैकेयी और दशरथ की इस कठोर आज्ञा के विरुद्ध राम के हृदय में कोई प्रतिक्रिया जगी ही नहीं? तुलसी का साक्ष्य है कि राम के भीतर कोई आक्रोश नहीं जगा। किन्तु वाल्मीकि कहते हैं कि वनगमन की आज्ञा सुनकर राम को दुःख अवश्य हुआ, किन्तु इस दुःख को उन्होंने भीतर-ही-भीतर सँभाल लिया। हाँ, वन

में जब वे लक्ष्मण के साथ एकान्त में वार्तालाप करते हैं तब उनके मन की शंकाएँ एक-एक करके बाहर निकलने लगती हैं :

क्षुद्रकर्माहि कैकेयी द्वेषादन्याय्यचरेत्।
परिदद्याद्धि धर्मज्ञ! गरं ते मम मातरम्।

[अयो. 53। 18]

[हे धर्मज्ञ लक्ष्मण! कैकेयी क्षूद्रकर्मा है। मुझे भय होता है कि कहीं वह तुम्हारी और मेरी माता को जहर न दे दे।]

अर्थधर्मान् परित्यज्य यः काममनुवर्तते।
एवमापद्यते क्षिप्रं राजा दशरथो यथा।

[अयो. 53। 13]

[जो लोग अर्थ और धर्म को छोड़कर केवल काम का सेवन करते हैं, उनकी वही दशा होगी जो राजा दशरथ की हुई।]

मनुष्य जब तक मनुष्य है तब तक उसके भीतर इस प्रकार की भावनाएँ अवश्य जागेंगी। भेद यह होगा कि सामान्य मनुष्य इन भावनाओं की अधीनता को स्वीकार कर लेगा, किन्तु उच्च मनुष्य उन्हें अपने नियन्त्रण में रखेगा।

अयोध्या के राज्य को राम ने तृण से अधिक महत्त्व नहीं दिया, यह बात भी वाल्मीकि और तुलसी, दोनों रामायणों में मिलती है। किन्तु, वाल्मीकि यह संकेत भी दे जाते हैं कि राम के मन में इस त्याग से एक कलक उठी थी। हाँ, उनका चरित्र इतना सुदृढ़ था कि उन्होंने इस कलक को भी दबा दिया।

अधर्मभयभीतश्च परलोकस्य चानध!
तेन लक्ष्मण! नाद्याहमात्मानमभिषेचये।

[अयो. 53। 26]

[हे लक्ष्मण! मुझमें इतनी सामर्थ्य है कि चाहूँ तो अपने ही बाहुबल से अपना राजतिलक करवा लूँ। किन्तु ऐसा मैं इसलिए नहीं करता कि यह अधर्म होगा।]

वाल्मीकि के राम मनुष्य की सभी दुर्बलताओं से परिचित है; किन्तु वे किसी भी दुर्बलता के समीप आत्मसमर्पण नहीं करते। भीतर आँधियाँ उठती हैं, किन्तु राम के धर्मस्थित चरण को वे हिला नहीं सकतीं। मानो आदिकवि पग-पग पर यह बताना चाह रहे हों कि जो दुर्बलताएँ सामान्य मनुष्यों को सताती हैं, वे राम के सामने भी आई थीं, किन्तु राम ने उनकी अधीनता स्वीकार नहीं की, प्रत्युत् उन्हें ही अपने वश में कर लिया। इसी से वे सभी मनुष्यों के लिए आदर्श हैं।

आदर्श पुत्र, आदर्श बन्धु, आदर्श राजा और आदर्श मनुष्य के रूप में भगवान रामचन्द्र की प्रसिद्धि बहुत बड़ी है। किन्तु कुछ ऐसी घटनाएँ भी हैं जिनको लेकर राम के आचरण पर शंकाएँ की जाती हैं और इनमें से कुछ ऐसी शंकाएँ भी हैं जिनका समाधान धर्म के व्यावहारिक पक्ष को स्वीकार किए बिना नहीं हो सकता।

पहली शंका तो यह है कि राम ने शूर्पनखा से यह असत्य क्यों कहा कि मेरे भाई अविवाहित हैं, तुम उनके पास जाओ? किन्तु, यह शंका, प्रायः, नगण्य है क्योंकि हास-परिहास तथा स्त्रियों से वार्तालाप में, विवाह के समय और प्राणरक्षा के निमित्त कहा गया असत्य निर्दोष होता है, ऐसा उपदेश उस समय के नीति-शास्त्र भी देते थे। किन्तु दूसरी शंका कुछ अधिक उलझन खड़ी करती है। यह शंका बालि-वध को लेकर की जाती है। राम ने बालि का वध किया, यह शंका की कोई बड़ी बात नहीं है क्योंकि राम सुग्रीव को मित्र बनाना चाहते थे एवं इस मित्रता का पहला निर्धारित मूल्य बालि-वध ही था। फिर यह कारण भी था कि बालि ने अपने भाई की पत्नी का हरण कर लिया था। साथ ही, वह रावण का भी मित्र था। अतएव उसके वध में कोई दोष नहीं था। किन्तु शंका की बात यह हो जाती है कि अपने समय में प्रचलित युद्ध के नियमों के विरुद्ध जाकर राम ने छल से बालि का वध क्यों किया? 'रामचरितमानस' में जब बालि राम से पूछता है कि 'मैं बैरी सुग्रीव पियारा, कारण कवन नाथ मोहि मारा', तब इस प्रश्न का उत्तर तो राम दे देते हैं किन्तु बालि जब यह कहता है कि 'धरम हेतु अवतरेउ गोसाईं, मारेउ मोहिं ब्याध की नाईं', तब राम से इसका जवाब देते नहीं बनता और वे, व्याजान्तर से, लज्जित होते

हुए यह कहते हैं कि 'अचल करौं तनु राखहु प्राना।' [यदि तुम चाहो तो मैं तुम्हें पुनर्जीवन दे दूँ।]

बालि-वध से निकलनेवाली कर्तव्याकर्तव्य की यह समस्या उतनी ही जटिल है जितनी वह समस्या जो प्रतिज्ञा के विरुद्ध कृष्ण के शस्त्र उठाने से खड़ी होती है, जो युधिष्ठिर के झूठ बोलने अथवा गांधी जी के बछड़े को सुई देकर मरवा देने से निकलती है। ऐसी समस्याओं का समाधान लोक और परलोक, दोनों दृष्टियों से नहीं दिया जा सकता। यह समाधान सदैव एकपक्षी हुआ करता है। राम के सामने कठिनाई यह थी कि बालि का वध वे अवश्य करना चाहते थे और इस वध में कोई पाप भी नहीं था। वे सुग्रीव को वचन दे चुके थे कि मैं एक ही बाण से बालि का नाश कर दूँगा। किन्तु बालि महाबलवान् शत्रु था, यहाँ तक कि उसके विषय में जनश्रुति फैली हुई थी कि जो भी व्यक्ति उससे हाथ मिलाएगा, उसकी आधी शक्ति खिंचकर बालि के शरीर में चली जाएगी। अतएव, राम यदि आमने-सामने होकर लड़ते तो सम्भव था कि यह द्वन्द्वयुद्ध कई दिनों तक चलता और तब तक सुग्रीव के मन में अनेक शंकाएँ उठने लगतीं। सम्भव है, राम में उसका विश्वास ही हिल जाता। इसलिए, राम ने सोच-समझकर ही बालि को छिपकर मारा। असल में, बालि-वध के भीतर हम वह दृश्य देखते हैं जब लोक और परलोक के बीच समुचित सामंजस्य बिठाना कठिन हो जाता है। और जब आपद्धर्म की स्वीकृति के बिना धर्म का पालन ही नहीं किया जा सकता।

तीसरी शंका सीता-त्याग को लेकर उठाई जाती है। राम भली भाँति जानते थे कि सीता सती, साध्वी, पतिपरायणा और निश्छल नारी हैं, फिर भी लोकापवाद के भय से उन्होंने उनका त्याग कर दिया। इतना ही नहीं, प्रत्युत, अश्वमेध के समय जब वाल्मीकि बड़ी बुद्धिमानी से सीता को राम के सम्मुख ले आए, तब भी राम ने बढ़कर सीता को ग्रहण नहीं किया, बल्कि उनसे उनकी पवित्रता का नया प्रमाण माँगा। और यह नया प्रमाण सीता ने यह दिया कि वे जीते जी पातल-प्रवेश कर गईं।

आज के प्रसंग में भगवान राम का यह कृत्य अत्यन्त कठोर मालूम होता है और इसका सबसे जहरीला अंश, शायद यह है कि राम ने सीता

को इसकी भनक भी नहीं लगने दी कि वे उनका त्याग कर रहे हैं। राम यह भली भाँति जानते थे कि सीता की पवित्रता बहुतों की दृष्टि में स्वयंसिद्ध बात है और मन्त्रियों तथा भाइयों में से कोई भी निर्वासन के प्रस्ताव का अनुमोदन नहीं करेगा। इसलिए उन्होंने अपने वज्रनिर्णय की विचिकित्सा की बिलकुल मनाही कर दी :

न चास्मिन् प्रतिवक्तव्यः सीतां प्रति कथंचन।

[उ. 45 । 159]

किन्तु राम इस कठोर निर्णय पर क्यों आए, इसके दो कारण अनुमित किए जा सकते हैं। एक तो यह कि उन दिनों नारी का स्वतन्त्र व्यक्तित्व नहीं था। वह केवल भोग की सामग्री समझी जाती थी और सुयश एवं प्रतिष्ठा की रक्षा के लिए नारी का त्याग करने में लोग गौरव का ही अनुभव करते थे, मानो वे छोटी वस्तु का बलिदान देकर बड़ी वस्तु को बचा रहे हों! दूसरा कारण यह था कि राम संसार के सामने आदर्श शासक का उदाहरण उपस्थित करना चाहते थे। प्रजा राजा का अनुकरण करती है। झूठ ही सही, किन्तु जनता में जब यह प्रवाद फैल गया कि जब राम ने सीता को स्वीकार कर रखा है तब हमें भी अपनी भार्याओं के दोष सहने होंगे (अस्माकमपि दारासु सहनीयं भविष्यति), तब राम के लिए यह आवश्यक हो गया कि वे अपनी सती-साध्वी और प्राणप्रिय पत्नी का त्याग करके जनता को धर्म के परम्परागत मार्ग पर आरूढ़ रहने की शिक्षा दें। सीता-परित्याग में राम का यह भाव काम करता है कि निष्कलंक सीता को कलंकिनी माननेवाली जनता कहीं इसी बहाने पाप और पतन को सह्य न मान ले। आज अनेक लोग हैं जो बहुत सोचने पर भी राम के इस कार्य की अनिवार्यता तक नहीं पहुँच पाते। किन्तु उन्हें क्या पता कि जो शासक अपने उदाहरण से जनता को ऊपर उठाने का बीड़ा उठाता है, उसे कभी-कभी ऐसे बलिदान भी करने पड़ते हैं।

[1955 ई.]

जननी जन्मभूमिश्च स्वर्गादपि गरीयसी

महाकवि इकबाल का एक गीत भारत में बहुत प्रचलित है :

सारे जहाँ से अच्छा हिन्दोस्तां हमारा।
हम बुलबुले हैं उसकी, यह गुलसितां हमारा॥

किन्तु इकबाल से बहुत पहले यह भाव बंगाल में जन्मा था, जहाँ के महाकवि बंकिमचन्द्र ने भारतमाता की कल्पना, सचमुच ही, माता अथवा महादेवी के रूप में की और देश को वन्दे मातरम् का जागरण-मन्त्र देते हुए उन्होंने बड़े ही ऊँचे धरातल से एक नई स्तुति का गान किया :

सुजलां सुफलां मलयज शीतलां शस्यश्यामलां मातरम्। वन्दे मातरम्।
त्रिंशकोटिकंठ-कलकल-निनादकराले!
द्वित्रिंशकोटि-भुजैर्धृतकरवाले!
के बोले माँ तुमि अबले!

बहुबलधारिणीम् नमामि तारिणीम्,
रिपुदलवारिणीम् मातरम्। वन्दे मातरम्॥

तब से बंकिम बाबू की कल्पना सारे देश में फैल गई और सभी कवि विभिन्न भाषाओं में एक ही नाम लिखने लगे, विभिन्न छन्दों में एक ही भवानी की आरती उतारने लगे।

हिन्दी के स्वर्गीय कवि श्री बदरीनारायण 'प्रेमघन' ने लिखा :

जय-जय भारत भूमि भवानी।
जाकी सुयश पताका जग के दशहुँ दिशि फहराना।
जय-जय भारत भूमि भवानी।

और राष्ट्रकवि श्री मैथिलीशरण गुप्त जी ने तान ली :

नीलाम्बर परिधान हरित पट पर सुन्दर है,
सूर्य, चन्द्र युग मुकुट, मेखला रत्नाकर है।
नदियाँ प्रेम-प्रवाह, फूल, तारे मंडन हैं,
वन्दी जन खगवृन्द, शेषफन सिंहासन हैं।
करते अभिषेक पयोद हैं, बलिहारी इस वेश की,
हे मातृभूमि! तू सत्य ही सगुण मूर्ति सर्वेश की।

और काश्मीर को देखकर स्वर्गीय पंडित श्रीधर पाठक को भी सन्देश हुआ कि हो न हो, यह स्वर्ग है :

यही स्वर्ग सुरलोक, यहीं सुरकानन सुन्दर,
यहि अमरन को ओक, यहीं कहुं बसत पुरन्दर।

किन्तु यह बात क्या है? ऐसा क्यों है कि लोग अपनी जन्मभूमि के प्रति इतना पक्षपात करते हैं? और तो और, तुलसीदास जी के रामचन्द्र भी अयोध्या को देखते ही कह उठे :

अति प्रिय मोहि यहाँ के वासी,
मम धामदा पुरी सुखरासी।

यह अयोध्या के प्रति, अपनी जन्मभूमि के प्रति, पक्षपात नहीं तो और क्या है?

कविगुरु रवीन्द्रनाथ ठाकुर की एक कविता है : 'दुई बिघा जमीं'। इस कविता का नायक उपेन्द्र है। उपेन्द्र के पास केवल दो बीघे जमीनें थीं। गाँव के जमींदार ने वह जमीन नीलाम करवा ली। बेचारा उपेन्द्र निःस्व होकर गाँव से निकल गया और संन्यासी बनकर सारे भारत में भटकता फिरा। किन्तु वह चाहे जहाँ भी जाए, चाहे जितने भी सुहावने दृश्य देखे, वह दो बीघे जमीन उसे कभी भी नहीं भूलती :

भूधरे, सागरे, विजने, नगरे, जखन जेखाने भ्रमि।
तबू निशिदिन भूलिते पारि नि सेई बिघा दुई जमि॥

क्या उपेन्द्र की वेदना का केवल यह कारण था कि दो बीघे जमीन से उसकी रोजी चलती थी? शायद, एक कारण यह भी रहा होगा; किन्तु इससे बड़ा कारण यह था कि जमीन छूटने से वह ग्राम से निर्वासित हो गया था और परदेश में अपने मन को वह चाहे कितना भी सँभाले, पर अपने गाँव को याद उसके हृदय में टीस जगाए बिना नहीं रह सकती थी। बिछुड़े हुए ग्राम की मादक स्मृतियाँ, आम्र कानन से घिरे हुए छोटे-छोटे बंगीय ग्राम, जहाँ पेड़ों की छाया तले चरवाहे क्रीडा करते हैं, जहाँ नदियों में पानी निस्तब्ध और तलविहीन है, जहाँ मधुपूर्ण हृदयवाली वधुएँ जल के घड़े लिये अपने घरों को जा रही हैं, ये बातें कैसे भुलाई जा सकती हैं? उपेन्द्र ठीक ही तो कहता है कि इन सुधियों को मुख से कहते नहीं बनता, आँखों में आँसू भर आते हैं।

माँ! बोलिते प्राण करे आनचान,
चोखे आसे जल भरे।

फिर भी, बात रह जाती है कि ऐसा होता क्यों है? बुद्धि से तो यह बात मानी नहीं जा सकती कि भारत के समान दुनिया में और कोई देश नहीं है। लेकिन प्रेम भी क्या कोई बुद्धि से सोचकर करता है? बुद्धि से सोचने पर तो यही दिखाई देता है कि क्यारियों में फूल की जगह तरकारी

लगानी चाहिए। मगर लोग केवल तरकारी ही नहीं लगाते, फूल भी उपजाते हैं। और आप चाहे जो भी समझें, किन्तु उत्तरी और दक्षिणी ध्रुवों पर रहनेवाले लोग भी अपने देशों की प्रशंसा करते होंगे और प्रशंसा करते-करते यह भी कह बैठते होंगे कि और कौन देश है जहाँ रात और दिन छह-छह महीनों के होते हैं?

बुद्धि तो यही कहेगी कि संसार के श्रेष्ठ देश वे हैं, जहाँ की जलवायु अच्छी है; जहाँ मनुष्य को जीवन-यापन की सारी सुविधाएँ प्राप्त हैं तथा जहाँ मनुष्य मनुष्य का उपकार करने में सुख मानता है। किन्तु हृदय इतना सोचने को नहीं ठहरता। वह तो उसी देश को श्रेष्ठ कहेगा जहाँ वह रम चुका है, जिसकी गोद में उसने अपने सारे संस्कार अर्जित किये हैं।

मनोविज्ञान का सिद्धान्त है कि मनुष्य की भावनाओं की नींव बचपन के पाँच वर्षों में ही पड़ जाती है। इन वर्षों में वह जहाँ रहता है, वहाँ के दृश्य, वहाँ की आदतें और वहाँ के रिवाज उसके भीतर घर बना लेते हैं और आगे चलकर वे आसानी से दूर नहीं किये जा सकते। यही देश-प्रेम का मूलाधार है। इसी पर परिवार और समाज की भित्ति ठहरी हुई है। इसी संस्कार की प्रबलता के कारण खेत की जिन पगडंडियों पर हमने बचपन गुजारा है, वे पगडंडियाँ हमें पेरिस की गलियों से अधिक प्रिय लगती हैं, और जिस गाँव या नगर में हमने जन्म लिया है, उसके सामने लन्दन और मास्को फीके हो जाते हैं। सारी दुनिया की सैर करके आदमी जब अपने देश लौटता है तब उसके मुख से अनायास यह बात निकल पड़ती है कि संसार में चाहे जितनी भी लुभावनी चीजें हों, लेकिन अपने घर के समान सुख तथा सन्तोष और कहीं नहीं है। इसीलिए कहा है–'आधी रोटी घर भली, नहीं दूर की चार'। यथा :

दिल्ली को छोड़ करके दकन को न जाएँगे,
गर याँ बहुत न खाएँगे, थोड़ा ही खाएँगे।

किन्तु जैसे हर चीज की एक सीमा होती है, वैसे ही देश-प्रेम की भी एक सीमा होनी चाहिए। उदाहरण के लिए, अपने देश से प्रेम करना बहुत अच्छा है, उसे संसार का सिरमौर कहना भी शायद ठीक है, किन्तु अपने

देश को सर्वश्रेष्ठ मानकर अन्य देशों से घृणा करना बिलकुल बेजा बात है। राष्ट्रीयता के भीतर जो घृणा की आग है, वही दुनिया को एक होने नहीं दे रही है।

जब कवि यह कहता है कि :

अपनी भाषा है भली, भलो आपुनो देस,
जो कुछ अपुनो है भलो, यही राष्ट्र सन्देस।

तब हमें यह बात अच्छी लगती है और लगनी भी चाहिए। लेकिन जब कोई कवि यह कहने लगे कि :

देशन में भारत भलो, हिन्दी भाषन माहिं
जातिन में हिन्दू भलो, और भली कुछ नाहिं।

तब हमें सावधान हो जाना चाहिए। मेरी माँ अच्छी है, यहाँ तक झगड़ा नहीं है। लेकिन यदि कोई यह कह बैठे कि मेरी माँ अच्छी तथा बाकी लोगों की माताएँ खराब हैं, तो झगड़ा रोका नहीं जा सकता।

असल में, दुनिया जहाँ पहुँच गई है, वहाँ देश-प्रेम अपने आपमें यथेष्ट नहीं माना जाता। अब तो हम देश-प्रेम को बढ़ाकर विश्व-प्रेम की ओर लिये जा रहे हैं। और देशों का चाहे जो विचार हो, किन्तु भारत में गांधी और जवाहरलाल ने जो प्रयोग किया है, उसकी शिक्षा यह है कि भारत से प्रेम करो और खूब करो, लेकिन यह मत भूलो कि भारत संसार का अंशमात्र है। भारत-प्रेम के साथ-साथ हमें विश्व-प्रेम की भी आदत डालनी चाहिए; घर को प्यार करते-करते हमें बाहर को भी प्यार करना चाहिए।

देश-प्रेम और विश्व-प्रेम, ये दो परस्पर विरोधी बातें नहीं हैं। पृथ्वी अपनी कील पर भी घूमती है और वह सूर्य के भी चारों ओर घूमती जाती है। तो क्या पृथ्वी की इन दो चालों को हम परस्पर विरोधी कहेंगे? सच तो यह है कि पृथ्वी जिस दिन अपनी कील पर घूमना छोड़ देगी, उसी दिन वह सूर्य के चारों ओर भी घूम न सकेगी। और कहीं वह सूर्य का ही चक्कर देना छोड़ दे तो कौन कह सकता है कि अपनी कील पर भी वह घूमने लायक रह जाएगी?

अपने बच्चों को प्यार करो और दूसरों को भी प्यार करना सीखो, यही ऊँचा धर्म है। घर में स्वयं रहो और अतिथियों को भी आने दो, यही मानवीय उदारता है। घर की खिड़कियों को बन्द रखना ठीक नहीं है। बाहर की वायु न आए तो घर का स्वास्थ्य ठीक नहीं रह सकता। संसार को धीरे-धीरे विकसित करके हमें वहाँ ले जाना है जहाँ एक देश का आदमी दूसरे देश को भी अपना समझकर उसकी सेवा कर सके। यही वह स्वप्न है, यही वह कल्पना है जिसे भारत ने गांधी और रवीन्द्र के मुख से कहा और जिसे वह जवाहरलाल के मुख से आज भी दुहराता जा रहा है :

घरे-घरे मोर घर आछे आमि सेइ घर मरि खूँजिया,
देशे-देशे मोर देश आछे आमि सेइ देश नीबो जूझिया।

प्रत्येक घर में मेरा घर है, मैं उसी घर को खोज रहा हूँ। प्रत्येक देश में मेरा देश है, मैं उसी देश को प्राप्त करने के लिए संघर्ष कर रहा हूँ।

[1955 ई.]

कबीर साहब से भेंट

इस प्रसंग के आरम्भ में ही कल्पना का गहरा पुट चाहिए। इसलिए कहता हूँ कि कल्पना में एक दिन मेरी मुलाकात महात्मा कबीरदास से हुई और मैंने उनसे पूछा कि 'महाराज! आप तो भक्त भी थे और समाज-सुधारक भी। किन्तु आज संसार में भक्ति का स्वर मद्धिम पड़ गया है और सर्वत्र समाज-सुधार की भावना प्रबल दिखाई देती है। लोग परलोक को छोड़कर लोक की समाराधना में लीन हैं। यह संसार के लिए अच्छा हुआ या बुरा, कुछ ठीक से समझ में नहीं आता। बड़ी कृपा हो, यदि इस विषय में आप अपने विचार हमें जानने दें।'

कबीरदास बोले, 'भक्ति-साधना और समाज-सुधारक, ये परस्पर विरोधी काम नहीं हैं। दादू की यह साखी तुमने कहीं पढ़ी है?

उद्यम अवगुन को नहीं, जो करि जानइ कोइ,
उद्यम में आनन्द है, साईं सेती होइ।

और रज्जब ने भी यही बात दुहराई है :

एक जोग में भोग है, एक भोग में जोग,
एक बुड़हिं वैराग्य में, इक तरहिं सो गिरही लोग।

और मैंने भी तो संकेत किया था कि :

नर-नारी सब नरक हैं जब लगि देह सकाम,
कह कबीर ते राम के जे सुमिरें निहकाम।

मुख्य बात यह नहीं है कि तुम समाज-सेवी हो या भक्त। देखने की बात तो यही हो सकती है कि तुम समाज-सेवा या भक्ति किस भाव से करते हो। यदि तुम्हारी सेवा-भावना निष्काम है तो तुम समाज-सेवी होते हुए भी भक्त हो। इसके विपरीत, भक्त होने पर भी यदि वासना तुम्हारा पीछा नहीं छोड़ती तो तुम साधारण संसारी जीव हो :

जब लगि भक्त सकाम है तब लगि निष्फल सेव,
कह कबीर वह क्यों मिले निहकामी निज देव।'

मैंने कहा, 'महाराज, यह उत्तर तो अत्यन्त संक्षिप्त हो गया। और सकाम-निष्काम वाली बात लाकर तो आपने और भी कठिनाई उत्पन्न कर दी। उदाहरण के लिए, जो लोग आर्थिक विषमता मिटाकर समाज में समता लाना चाहते हैं, उनका कार्य निष्काम कैसे हो सकता है? वे तो स्पष्ट ही किसी उद्‌देश्य से प्रेरित होकर कार्य करते हैं।'

महात्मा बोले, 'सभी उद्‌देश्य सकाम नहीं होते। सकामता तो वहीं देखी जा सकती है जहाँ मनुष्य अपने स्वार्थ से प्रेरित होकर काम करता है। जिसका उद्‌देश्य स्वार्थ नहीं, परमार्थ अथवा परोपकार है, उस पर तुम सकाम होने का दोष नहीं दे सकते। और विषमताएँ क्या मात्र आर्थिक हैं? उनसे कहीं विकराल विषमताएँ तो वे हैं जो निरे जन्म के आधार पर एक मनुष्य को उत्तम और दूसरे को अधम बताती हैं; एक को पूज्य और दूसरे को अस्पृश्य बताती हैं। विषमताओं का असली दुर्ग तो मनुष्य के मन में

अवस्थित है। जब तक यह दुर्ग नहीं टूटता, जब तक मनुष्य यह नहीं समझ पाता कि जन्मना सभी मनुष्य समान हैं और सबको श्रेष्ठ एवं सुखी बनाने का समान अधिकार है, तब तक समाज में फैली हुई विषमताओं का अन्त नहीं होगा।'

मैंने निवेदन किया, 'विषमता के मानसिक दुर्ग से आपका क्या तात्पर्य है महाराज?'

कबीर साहब बोले, 'बहुत कुछ वही भाव जिसे तुम आज की भाषा में वर्ग-भावना कहते हो। धनी और निर्धन–ये दो वर्ग तुम्हें दिखाई देते हैं, किन्तु कितने आश्चर्य की बात है कि निर्धन होने पर भी ब्राह्मण और हरिजन परस्पर एकात्मता का अनुभव नहीं कर पाते! ब्राह्मण आज भी यह सोचकर अपने को अन्त्यजों से पृथक् रखता है कि वह जन्मना उनसे श्रेष्ठ है। समाज में समता लाने के पहले उस रूढ़ि को समूल विनष्ट करना है, उस परम्परा को निर्मूल बनाना है जो यह भाव जगाती है कि कर्म नहीं, केवल जन्म के आधार पर कोई व्यक्ति किसी अन्य व्यक्ति से श्रेष्ठ हो सकता है।'

मैंने दबी जबान से पूछा, 'महाराज! क्या मैं यह समझूँ कि आप गांधी और मार्क्स के करीब से बोल रहे हैं?'

महात्मा बोले, 'राजनीति मेरा क्षेत्र नहीं है। किन्तु जहाँ तक संस्कारों की बात है, मैं गांधी और मार्क्स की कई बातों को ठीक समझता हूँ। सामाजिक विषमताओं के मूल में मनुष्य का अहंकार निवास करता है : जाति का अहंकार, वंश का अहंकार, धन और शक्ति का अहंकार, सिद्धि और सफलता का अहंकार। ये सभी अहंकार विभाजक रेखाएँ हैं, जो मनुष्य को मनुष्य से अलग करती है। गांधी ने इसी अहंकार को शमित करने के लिए यह परिपाटी चलाई थी कि सेवा का अधिकार उसी को मिल सकता है जो भंगी का भी काम उत्साह और प्रसन्नता के साथ कर सके। और इसी अहंकार को मारने के लिए मार्क्स ने कहा कि सेवा के पथ पर अग्रसर होने के पूर्व अपने मन को समझा दो कि तुम किसी भी व्यक्ति से किंचित् भी श्रेष्ठ नहीं हो। जो काम मजदूर करता है, वह पंडितों के भी करने योग्य है। और इसी अहंकार-विसर्जन के लिए वैष्णव

कवि ने 'मो सम कौन कुटिल खल कामी' की अनुभूति प्राप्त की थी। जिसमें विनयशीलता नहीं, वह मनुष्य का कोई काम नहीं कर सकता। जिसमें सबका दास बनने की विनम्रता नहीं, वह किसी का भी स्वामी नहीं हो सकता :

कबिरा कुल तो सो भला, जेहि कुल उपजै दास,
जेहि कुल दास न ऊपजै, सो कुल आक पलास।'

कबीर साहब की बातें सुनकर क्षण भर में विचार-मग्न हो गया। मुझे लगा कि समाजवाद नया शब्द जरूर है, किन्तु उसकी तैयारी सदियों से होती आई है। कबीर ने जाति-प्रथा और वर्णाश्रम पर प्रहार किया। मार्क्स धनतन्त्र को ललकारने के जोश में धर्म के भी विरुद्ध हो गए। गांधी की व्यथा यह है कि धनतन्त्र तो अवश्य टूटे, किन्तु धर्म फिर से अचल हो जाए। किन्तु इस काम में कठिनाइयाँ कितनी हैं? अतएव, मैंने आतुर होकर प्रश्न किया, 'किन्तु महाराज! आप जिस समाज की कल्पना करते हैं, वह तो संन्यासियों के समाज-जैसा लगता है। तो क्या संन्यासी भी समाज चला सकते हैं?'

महात्मा बोले, 'चलाना ही होगा। और कोई उपाय नहीं है। मैं जिस समाज की कल्पना करता हूँ, उसके गृहस्थ संन्यासी और संन्यासी गृहस्थ होंगे; अर्थात् संन्यास और गार्हस्थ्य के बीच वह दूरी नहीं रहेगी जो परम्परा से चलती आ रही है। मैं स्वयं गृहस्थ था, नानक गृहस्थ थे, बहुत प्राचीन काल में वशिष्ठादि अनेक ऋषि गृहस्थ हुए हैं। संन्यासी उत्तम कोटि का मनुष्य होता है, क्योंकि उसमें संचय की वृत्ति नहीं होती, लोभ और स्वार्थ नहीं होता। यही गुण गृहस्थ में भी होना चाहिए। और संन्यासी भी वही श्रेष्ठ है जो समाज के लिए कुछ काम करे, शक्ति भर फावड़ा, चरखा या करघा चलाए अथवा विपन्न मनुष्य की सेवा करे, जैसे एक गृहस्थ दूसरे गृहस्थ की सेवा करता है। ज्ञान और कर्म को भिन्न करोगे तो समाज में विषमता उत्पन्न होगी ही। मुख में कविता और करघे पर हाथ, यह आदर्श मुझे बहुत पसन्द था और इसी की शिक्षा मैं दूसरों को भी देता हूँ। और तुमने सुना है या नहीं कि नानक ने एक अमीर

लड़के के हाथ से पानी पीना अस्वीकार कर दिया था? लोगों ने कहा—गुरु जी, यह लड़का तो अत्यन्त सम्भ्रान्त वंश का है, इसके हाथ का पानी पीने में क्या दोष है?—नानक बोले—इसकी तलहत्थी में मेहनत और मजदूरी के निशान नहीं हैं। जिसके हाथ में मेहनत के ठेले नहीं होते, उसके हाथ का पानी पीने में मैं दोष मानता हूँ।—नानक ठीक थे। श्रेष्ठ समाज वही है जिसके सदस्य ज्ञान और कर्म में से एक को श्रेष्ठ और दूसरे को अधम नहीं मानते। श्रेष्ठ समाज वह है जिसके सदस्य जी खोलकर श्रम करते हैं और तब भी जरूरत से अधिक धन पर अधिकार जमाने की उनकी इच्छा नहीं होती :

उदर समाता अन्न लै, तनहिं समाता चीर,
अधिकहिं संग्रह ना करै, ताकौ नाम फकीर।
साधू सच्चा वही है, पेट समाता लेइ।
आगे पीछे हरि खड़े, जब माँगे तब देइ।
साईं इतना दीजिए, जामें कुटुम समाय,
मैं भी भूखा ना रहूँ, अतिथि न भूखा जाय।'

मैंने कहा, 'बाबा, ये बातें तो बहुत दिनों से कही जा रही हैं, किन्तु संचय की ओर से मनुष्य की वृत्ति फिरती तो नहीं दिखाई देती। वह तो तभी फिरती है जब कुछ दबाव डाला जाता है।'

कबीर साहब बोले, 'तो कौन कहता है कि दबाव मत डालो? दबाव केवल तलवार का ही नहीं, जनमत का भी होता है। तलवार के भय से साधुता धारण करनेवाला व्यक्ति समाज का आदर्श सदस्य नहीं हो सकता। आदर्श मनुष्य तो वह हो सकता है जिसने स्वेच्छया साधुत्व का वरण किया हो, स्वेच्छया संचय का त्याग किया हो। किन्तु एक बात याद रखो कि प्रवृत्ति की ज्वाला भड़काए रखने से मनुष्य संचय का त्याग नहीं करेगा। इसके लिए थोड़ी शिक्षा उसे निवृत्ति की भी मिलनी चाहिए। प्रवृत्ति इसलिए कि मनुष्य डटकर काम करे। निवृत्ति इसलिए कि अपनी कमाई पर वह अपना एकाधिकार न जमाए। प्रवृत्ति इसलिए कि कर्मठता जीवन का एकमात्र अवलम्ब है और निवृत्ति इसलिए कि एक दिन मनुष्य को सब कुछ

छोड़कर अकेले जाना पड़ता है और उसकी चिता में रुपए-पैसे नहीं, कुछ थोड़ी-सी लकड़ी ही जलती है :

चार जनै मिलि खाट उठाये रोवत ले चले डगर-डगरिया,
कहें कबीर सुनो भाई साधो! संग चली वह सूखी लकरिया।

इसलिए पहली आवश्यकता यह है कि लोग जरूरत से अधिक जमा करने की व्यर्थता को समझें। और त्याग में क्या संचय से कम सुख है? केवल दृष्टि का भेद है :

जो काटौं तो डहडही, सींचौं तो कुम्हिलाय,
या गुणवन्ती बेल का कुछ गुण कहा न जाय।
सिर राखै सिर जात है, सिर काटे सिर होय,
जैसे बाती दीप की कटि उजियारा होय।
घर जारौं घर ऊबरै, घर राखौं, घर जाय,
एक अचम्भा देखिए, मरा काल को खाय।'

यहाँ आकर मैंने निवेदन किया, 'अच्छा, बाबा! ये बातें तो हो गईं। अब धर्म के विषय में कुछ कहिए।'

कबीर साहब बोले, 'तो इतनी देर क्या मैं धर्म छोड़कर किसी अन्य विषय की बातें कर रहा था? ऐसा क्यों समझते हो कि धर्म केवल मन्दिर और मस्जिद में बसता है तथा जुलाहे के करघा-घर या मोची के मोचीखाने अथवा राजनीति के दफ्तर में वह नहीं रह सकता? जीवन के दो टुकड़े नहीं हैं कि एक में धर्म का आसन हो और दूसरे में छल और प्रपंच के लिए छूट रहे। जीवन का ऐसा विभाजन नहीं चल सकता। यह तो धर्म और अधर्म के बीच समझौते का उदाहरण होगा। धर्म सम्पूर्ण जीवन की पद्धति है। धर्म जीवन का स्वभाव है। ऐसा नहीं हो सकता कि हम कुछ कार्य तो धर्म की मौजूदगी में करें और बाकी कामों के समय उसे भूल जाएँ। धर्म ज्ञान और विश्वास में नहीं, कर्म और आचरण में बसता है। यदि हम ईश्वर के अस्तित्व में विश्वास करते हैं तो इस विश्वास का सबूत हमारे आचरणों में मिलना ही चाहिए। पूजा और अनुष्ठान की विधियाँ धर्म के बाहरी रूप हैं।

मन्दिर, मस्जिद, तीर्थ-व्रत और पंडे तथा पुरोहित की प्रथा–ये धर्म के ढकोसले हैं। सच पूछो तो सभी धर्म एक हैं। केवल पूजा-विधियों के कारण वे अनेक दिखाई देते हैं। इसलिए कहता हूँ कि पूजा-विधियों को छोड़ दो और सभी धर्मों को एक हो जाने दो। सभी धर्म एक हैं। एक से अधिक वे हो ही नहीं सकते। तुम्हारे नये कवि रवीन्द्रनाथ ने तुमसे ठीक ही कहा था–धर्म को पकड़े रहो, धर्मों को छोड़ दो।–और धर्म केवल जुमे या मंगलवार को ही नहीं जगता, वह सातों दिन जगा रहता है। उसकी साधना का स्थान मन्दिर और मस्जिद ही नहीं, बल्कि वे सारी जगहें हैं, जहाँ मनुष्य कोई काम करता है :

साधो, सहज समाधि भली।
गुरुप्रताप जा दिन ते उपजी, दिन-दिन अधिक चली।
जहँ-जहँ डोलूँ सोइ परिकरमा, जो-जो करूँ सो सेवा,
जब सोवौं तब करौं दंडवत, पूजौं आन न देवा।
कहौं सो नाम, सुनौं सो सुमिरन, खाऊँ पिऊँ सो पूजा।
गिरह-उजाड़ एक सम लेखौं, भाव न राखौं दूजा।'

[1958 ई.]

संस्कृति-संगम-1

जहाँ तक जाना जा सका है, भारतवर्ष का इतिहास यह मिलता है कि यहाँ द्रविड़ पहले और आर्य बाद को आए थे और द्रविड़ों के भी पूर्व यहाँ नीग्रो और औष्ट्रिक जातियों के लोग बसे थे जिनकी सन्ततियाँ आज वनों में रहती हैं अथवा अन्त्यज के रूप में देश की बाकी जनता के साथ हैं।

भारतीय संस्कृति के मूल उत्स तक जाने की राह अभी तक नहीं खुली है, न इसकी कोई सम्भावना ही दीखती है कि वहाँ तक जाने का कोई सुस्पष्ट मार्ग कभी भी पाया जा सकेगा। केवल अनुमान के बल पर हम जानते हैं कि आर्यों के आने के पूर्व इस देश में जो लोग बसते थे, वे सुसभ्य थे, नगर-सभ्यता के स्वामी थे और उनका धर्म भी काफी विकसित हो चुका था। इन्हीं आर्य-पूर्व भारतवासियों के नगरों का विध्वंस करने के कारण आर्यों के रण-देवता इन्द्र का नाम पुरन्दर पड़ा। और आर्य जब इस देश में बस गए तथा द्रविड़ आदि जनता के साथ उनका सम्बन्ध सुदृढ़ हो

गया, तब संस्कृति का वह बुनियादी रूप तैयार होने लगा जिसे हम हिन्दू या भारतीय संस्कृति कहते हैं।

उन्नीसवीं सदी में जब आर्यसमाज, ब्रह्मसमाज, थियोसॉफी और प्रार्थना-समाज के आन्दोलन उठे तब उन सभी आन्दोलनों के नेताओं ने इस बात पर जोर दिया कि वेद और उपनिषदें, ये हमारे देश की प्राचीनतम विद्याएँ हैं जो आज के प्रसंग में भी सत्य और सुगम्भीर हैं। थियोसोफिस्टों को छोड़कर बाकी नेताओं ने यह भी घोषणा की कि हिन्दुत्व का वही रूप सत्य है जिसका समर्थन वेदों और उपनिषदों में पाया जा सकता है। इस घोषणा के दो परिणाम निकले। एक तो यह कि हिन्दू धर्म का पुराण-समर्थित रूप उपेक्षित हो गया और दूसरा यह कि लोग यह मानने लगे कि हिन्दुत्व की रचना उन लोगों ने की, जिन्होंने वेद रचा था।

किन्तु अर्वाचीन अनुसंधानों से जो तथ्य सामने आए हैं, उनके बल पर अब यह अनुमान प्रबलता प्राप्त कर रहा है कि हिन्दुत्व की सारी बातें आर्यों की लाई हुई नहीं हैं, बहुत-सी ऐसी भी हैं जो पहले से ही इस देश में प्रचलित थीं और आर्यों ने उन्हें इच्छा या अनिच्छा से स्वीकार कर लिया। और स्वीकार करने का मुहावरा भी ठीक नहीं जँचता, क्योंकि संस्कृति जब विकसित होने लगती है तब उसका विकास प्रस्तावों के अनुसार नहीं होता। संस्कृति का विकास नैसर्गिक प्रक्रिया है और इस प्रक्रिया से कहाँ क्या परिवर्तन हो रहा है, यह बात तुरन्त जानी नहीं जा सकती। जब आर्य और द्रविड़ मिलकर एक समाज के अंग बन गए तब उनके आचार-विचार, आदतें और रिवाज भी परस्पर मिश्रित होने लगे और इस मिश्रण से जो धर्म निकला, वही भारत का सनातन धर्म एवं जो संस्कृति निकली, वही भारत की आदि (बुनियादी) संस्कृति हुई।

आर्यों के आगमन के बाद से लेकर मुस्लिम-विजय के पूर्व तक वायव्य और ईशान कोण से और भी बहुतेरे लोग इस देश में आए। किन्तु उनके आगमन से भारत की संस्कृति में कोई बुनियादी फर्क न हुआ, न यहाँ की बुनियादी जनता के ढाँचे में ही कोई परिवर्तन आया। जो लोग आए, वे हिन्दू बनकर भारतीय जन-समुद्र में डूबते चले गए और उनके साथ जो आदतें और विश्वास तथा रस्म और रिवाज आए, वे भी भारतीय संस्कृति

में पचकर उसी के अंग हो गए। यह मिश्रण इतनी सघनता से सम्पन्न हुआ कि अब यह जानने का कोई उपाय नहीं है कि हमारी संस्कृति का कौन अंश किस जाति की देन है तथा कौन विचार किस जाति के साथ आए थे। फिर भी कुछ थोड़ी-सी ऐसी बातें जानी जा सकती हैं, जिनसे अनुमान होता है कि भारतीय संस्कृति किसी एक जाति की रचना नहीं है, उसमें भारत में आकर यहाँ बस जानेवाली अनेक जातियों के अंशदान हैं।

इस तरह का एक अनुमान यह है कि शिव की पूजा आर्यों की चलाई हुई नहीं है। वह इस देश में पहले से ही प्रचलित थी और आर्यों के घर जब आर्येतर कुल की बहुएँ आने लगीं तब उनके पितृकुल के देवता भी उनके साथ आ गए। दक्ष प्रजापति के यज्ञ में सभी देवताओं के यज्ञ-भाग रखे गए, किन्तु शिव को कोई स्थान न दिया गया। इससे यह निष्कर्ष निकलता है कि आर्य ऋषि शिव जी की पूजा के विरुद्ध थे। शिवपुराण, वामन पुराण और कूर्म पुराण में शिवजी-विषयक जो कथाएँ आती हैं, उनसे भी यही अनुमान निकलता है कि ऋषि-पत्नियाँ तो शिव जी की पूजा करना चाहती थीं, किन्तु ऋषि इस विषय में अपनी पत्नियों के विरुद्ध थे। और शिव की पूजा तो करो, किन्तु प्रसाद न खाओ, इस प्रसंग से भी यही ध्वनि निकलती है कि ऋषियों ने शिवजी को अनिच्छापूर्वक ग्रहण किया था।

किन्तु यहाँ भी यह ध्यान रखना चाहिए कि ऋग्वेद में रुद्र का उल्लेख मरुतों के स्वामी के रूप में मिलता है एवं यजुर्वेद के शतरुद्रीय अध्याय में रुद्र के साथ गिरीश और शिव तथा उमा का भी उल्लेख है। किन्तु, वैदिक साहित्य में भाँग-धतूरा खानेवाले, गजाजिन पहनने और श्मशान में घूमनेवाले कपर्दी का कहीं भी उल्लेख नहीं मिलता। इसके विपरीत, मोहनजोदड़ो और हड़प्पा की खुदाई में शिव की जो मूर्तियाँ मिली हैं, उनसे यह बात प्रायः सिद्ध हो गई है कि आर्यों से पूर्व इस देश में शिव की पूजा प्रचलित थी। अतएव अनुमान यह होता है कि जैसे आर्यों ने प्रकृति के ललित रूपों पर से विष्णु की कल्पना निकाली थी, वैसे ही उसके कर्कश रूपों पर से उन्होंने रुद्र की कल्पना प्रस्तुत की थी। उधर शिवजी की पूजा जनता में पहले से ही प्रचलित रही होगी और जनता ने अपनी भावना के

अनुसार शिव-सम्बन्धी अनेक प्रकार की कल्पनाएँ भी कर रखी होंगी। पीछे जब आर्य और आर्येतर जातियाँ समन्वित हुईं तब उनकी रुद्र और शिव सम्बन्धी कल्पनाएँ एकाकार हो गईं जिनके परिणामस्वरूप हमें शैव धर्म की परम्परा प्राप्त हुई है। इस अनुमान का समर्थन इस बात से भी होता है कि शिवजी के पुत्र कार्तिक और गणेश की पूजा जिस उत्साह से दक्षिण भारत में की जाती है, उस उत्साह से वह उत्तर में कहीं भी नहीं की जाती और जन-जीवन में शिवजी जैसे दक्षिण में घुले हुए हैं, वैसे उत्तर भारत में नहीं। ये सारी बातें बतलाती हैं कि शिवधर्म का मूल आर्येतर जातियों के हृदय में था। आर्यों की सेवा यह है कि उन्होंने इसके दर्शन-पक्ष का विकास किया।

और एक शैव धर्म को लेकर ही यह अनुमान खड़ा किया जाता हो सो बात नहीं है। और भी शंकाएँ हैं जिनके समाधान के लिए हमें इस निष्कर्ष पर आना पड़ता है कि हमारा धर्म और हमारी संस्कृति अनेक स्रोतों का रस पीकर बढ़ी है। उदाहरण के लिए, वैष्णवों के तीन पुराण हरिवंश, विष्णु और भागवत हैं। लेकिन इनमें से किसी में भी राधा नाम का उल्लेख नहीं मिलता। हमारे प्राचीन साहित्य में भगवान कृष्ण की बाललीला का ही वर्णन मिलता है। फिर बाद को राधा के साथ उनकी प्रेम-लीला की कहानियाँ कहाँ से आ मिलीं? वैष्णवों का जो सम्प्रदाय एक मात्र भागवत पर आधारित है, वह राधा को नहीं मानता। दूसरी ओर जो भी सम्प्रदाय भागवत के बादवाले पुराणों को मानते हैं, वे राधा को भी स्वीकार करते हैं। इसलिए यह बहुत सम्भव दीखता है कि वैष्णव धर्म में कृष्ण की बाललीला और राधा के साथ उनके प्रेम की कहानी किसी आर्येतर भंडार से आ जुड़ी है।

और यह भी नहीं कहा जा सकता कि भारतीय संस्कृति केवल आर्यों और द्रविड़ों की रचना है। यूनानी, मंगोल, शक, कुशन, आभीर, हूण आदि जो भी जातियाँ भारत में आकर यहाँ बस गईं, उन सबका कुछ-न-कुछ योगदान यहाँ की संस्कृति को मिला होगा। यद्यपि इसके बिलगाव का अब कोई उपाय नहीं है। और तो और, आज की वनवासी जातियों के पूर्वज औष्ट्रिक या आग्नेय जाति के लोगों से भी भारतीय संस्कृति को अनेक

उपकरण प्राप्त हुए हैं। चन्द्रमा को देखकर तिथि गिनने का रिवाज आग्नेय सभ्यता की देन है तथा पूर्ण चन्द्र के लिए राका एवं नये चाँद के लिए कुहू—ये शब्द भी आग्नेय भंडार से आए हैं। कहते हैं, फ़सल देखकर पुनर्जन्म की कल्पना भी आग्नेय लोगों ने ही की थी। और तो और, भाषातत्त्वज्ञों का कहना है कि, हो न हो, स्वयं 'गंगा' शब्द आग्नेय शब्द-भंडार से आया होगा।

देवर और देवरानी तथा जेठ और जेठानी की प्रथा भी, शायद, आग्नेय लोगों से आई है। सिन्दूर का प्रयोग और अनुष्ठानों में नारियल और पान रखने के रिवाज भी सम्भवतः आग्नेय रिवाजों के यादगार हैं। आग्नेय जाति के लोग देवता के सामने बलिदान किए गए पशु के रक्त को मस्तक में लगाने को शुभ मानते थे। वही रिवाज सिन्दूर लगाने की प्रथा में बदल गया।

शास्त्रानुसार, प्रेतों की पूजा निषिद्ध है। ग्रामदेवता और देवियों के पूजकों को मनु ने नाना स्थानों पर पशु कहा है। किन्तु ग्रामों में अब ब्राह्मण भी भूत-प्रेत और ग्राम-देवता की पूजा करते हैं। अवश्य ही यह प्रेत-पूजा आग्नेय सभ्यता की देन रही होगी।

अनेक उदाहरणों में से ये कुछ थोड़े-से दृष्टान्त हैं, जिनसे पता चलता है कि भारतीय संस्कृति की रचना में उन सभी जातियों ने हिस्सा लिया है जो यहाँ आकर हिन्दू-वृत्त में सम्मिलित हो गईं। जब तक मुसलमान विजेता बनकर न आए थे, तब तक इस देश में संस्कृति केवल एक थी। हाँ, उनके आने के बाद यह दो संस्कृतियों का देश हो गया। किन्तु ज्यों-ज्यों समय बीतता गया, इन दोनों संस्कृतियों की पारस्परिक दूरी कम होती गई तथा भारतीय इस्लाम अन्य देशों के इस्लाम से ईषत् भिन्न हो गया, क्योंकि निम्न वर्ग के जो लाखों हिन्दू मुसलमान हुए, उनके साथ हिन्दुओं की अनेक आदतें इस्लाम में प्रविष्ट हो गईं। यह भी सत्य है कि बदले में इस्लाम का भी यत्किंचित् प्रभाव हिन्दुत्व पर पड़ा। परिणाम यह है कि आज के हिन्दू और मुसलमान आपस में उतने भिन्न नहीं हैं, जितने पठानों के राज्यकाल में रहे होंगे। अपने देश के भीतर रहने पर हिन्दू और मुसलमान अपनी भिन्नता का थोड़ा-बहुत ध्यान रख सकते हैं, किन्तु यदि दोनों अरब या ईरान पहुँच जाएँ तो वहाँ के लोग दोनों को हिन्दुस्तानी ही कहेंगे। क्योंकि

कोई भी हिन्दुस्तानी मुसलमान अरबों और ईरानियों के बीच केवल इस कारण नहीं खप सकता कि धर्म से वह मुसलमान है।

संस्कृति का स्वभाव है कि वह आदान-प्रदान से बढ़ती है। जो जाति केवल देना ही जानती है, लेना कुछ भी नहीं, उसकी संस्कृति का एक दिन दिवाला निकल जाता है। इस सम्बन्ध में दोनों प्रकार के उदाहरण हमें अपने ही देश में मिल सकते हैं। जब भारतवर्ष, सचमुच, महान था तब यहाँ के लोग संस्कृति के क्षेत्र में परहेज की भावना से पीड़ित नहीं थे। उन्हें अन्य जातियों से ज्ञान ग्रहण करने में लज्जा नहीं आती थी। यूनानियों को हमने थोड़ा-सा दर्शन सिखाया था, किन्तु बदले में उनसे हमने ज्योतिष की कितनी ही बातें सीख ली थीं जिसके प्रमाण हमारे ज्योतिष के रोमक-सिद्धान्त और होराचक्र हैं। होरा, कौर्प्य, जूक, लेय आदि कितने ही शब्द यूनानी ज्योतिष से आए हुए हैं। संस्कृत का स्वयं 'केन्द्र' शब्द यूनानी 'केंटर' से आया हुआ है।

इसी प्रकार, हमने अरबों से भी ज्योतिष की बहुत-सी बातें ग्रहण कीं जिनमें से सर्वप्रधान मासफल और वर्षफल निकालने की ताजक-पद्धति है जिस पर अपने यहाँ बीस-पच्चीस ग्रन्थ लिखे गए थे, और बदले में हमने पहले अरबों को और फिर उनके द्वारा यूरोप को गणित और दर्शन की कितनी ही बातें सिखाईं। आज हम जिन अंकों को अन्तरराष्ट्रीय कहते हैं, वे असल में भारतवर्ष में जनमे थे। यहीं से वे पहले अरब गए और अरब के ही द्वारा वे यूरोप को प्राप्त हुए थे। अरबी में आज भी अंक की संज्ञा हिन्दसा है।

किन्तु, जब से हमने संस्कृति के क्षेत्र में परहेज की नीति अख्तियार की, हमारा पतन होने लगा। बहुत-सी वनवासी जातियाँ ऐसी हैं जो सभ्यता के सम्पर्क में आने से भय खाती हैं। यह भय उनकी संस्कृति को हानि पहुँचा रहा है। और यही हानि उनकी संस्कृति की भी होगी जो आसपास की संस्कृतियों से छूत मानते हैं। छुआछूत की भावना और सबसे बचकर अलग बैठने का भाव संस्कृतियों को ले डूबता है।

प्राचीन भारत आसपास की दुनिया में जगद्‌गुरु समझा जाता था, किन्तु साथ ही वह जगत्-शिष्य भी था। विचित्रता की बात यह है कि जब

तक सिखाने के साथ खुद भी कुछ सीखने की भावना उसमें बनी रही, संसार में उसका गुरुरूप ही प्रधान रहा। किन्तु जभी उसके भीतर यह जड़ता या अहंकार जाग्रत हुआ कि हम दूसरों को तो शिक्षा देंगे, किन्तु स्वयं किसी से कुछ सीखने न जाएँगे, तभी भारत का पतन आरम्भ हो गया। और जो सीखने को तैयार नहीं है, वह धीरे-धीरे सिखाना भी भूल जाता है। तभी तो संस्कृति के नेताओं ने भारत में यह नियम चला दिया था कि शूद्र यदि वेद का मन्त्र सुन ले तो उसके कान में गला हुआ राँगा ढाल दो।

[1956 ई.]

संस्कृति-संगम-2

भारतीय संस्कृति के लम्बे इतिहास से जो शिक्षा निकलती है, वह यह है कि जब-जब बाहर के लोग काफी बड़ी संख्या में भारत आए, तब-तब भारतीय संस्कृति में महाक्रान्ति घटित हुई और उसका रूप पहले की अपेक्षा बहुत अधिक निखर उठा। पहली महाक्रान्ति वेदों के समय हुई जब आर्य भारत आए और भारत की आर्येतर जातियों से मिलकर उन्होंने आर्य-सभ्यता की नींव डाली। आर्य-संस्कृति, सर्वांशतः, केवल आर्यों की रचना नहीं है, प्रत्युत उसका अधिकांश अनेक आर्येतर जातियों का अंशदान है। आर्य और आर्येतर जातियों के मिश्रण से जो जनता या समाज बना, उसी को हम भारत की बुनियादी जनता या बुनियादी समाज कह सकते हैं। मुस्लिम-आगमन के पूर्व तक इस जनता से भिन्न भारत में और कोई जनता नहीं थी। यह ठीक है कि आर्यों के बाद और मुस्लिम आगमन के पूर्व तक, भारत में कितनी ही जातियों के लोग आए, किन्तु ये सब-के-सब हिन्दू होकर

भारतीय जनता में विलीन होते चले गए। हाँ, जब मुसलमानों का आगमन हुआ, तब देश में एक नई परम्परा शुरू हुई, यानी आगन्तुकों के हिन्दू हो जाने के बदले हिन्दू ही नये धर्म की दीक्षा लेने गए।

हिन्दुत्व और इस्लाम के आरम्भिक मिलन में टकराहट की कर्कशता थी, किन्तु शीघ्र ही यह कर्कशता समाप्त हो गई और दोनों धर्मों के विचारक, सन्त और कवि यह उपदेश देने लगे कि धर्म के बाहरी आचार मनुष्य-मनुष्य में भेद डालते हैं, इसलिए वे तुच्छ हैं। धार्मिक मनुष्य की असली पहचान यह है कि वह मनुष्य-मनुष्य में भेद नहीं मानता। भारतीय संस्कृति का रूप तभी सामासिक हो गया था, जब आर्यों और आर्येतर जातियों ने परस्पर मिलकर एक जाति और एक संस्कृति की नींव डाली थी। बाद को, मंगोल, यूनानी, शक, हूण और मुस्लिम आगमन से पूर्व आनेवाले तुर्क जब हिन्दू हो गए, तब उनके साथ भी अनेक प्रकार के रीति-रिवाज भारतीय संस्कृति में प्रविष्ट हो गए।

इस प्रकार, भारतीय संस्कृति की सामासिकता बराबर बढ़ती आ रही थी। जब मुसलमान आकर भारत में बस गए तब हमारी संस्कृति की सामासिकता में और भी वृद्धि हुई। बौद्ध और जैन धर्मों के कारण हिन्दुत्व, प्रायः निवृत्तिमार्गी हो गया था। किन्तु इस्लाम प्रवृत्ति का प्रेमी था। जब दोनों धर्म भारत में मिले, उनके मिलन से प्रवृत्ति और निवृत्ति के बीच एक विलक्षण समन्वय उत्पन्न हुआ जिसकी झलक हम कबीर, नानक और जायसी में तथा अन्य कारणों से वही भाव सूरदास, विद्यापति और चंडीदास की कविताओं में देखते हैं। किन्तु हिन्दुत्व और इस्लाम के मिलन का इतना ही नतीजा नहीं निकला। इस मिलन के और भी कितने ही सुपरिणाम हैं, जिनकी झाँकी हमें मुस्लिम-काल की चित्रकारी और स्थापत्य, संगीत और वाद्य तथा रहन-सहन, खान-पान, पोशाक और सामाजिक आचार में मिलती है। हिन्दुत्व और इस्लाम के मिलन से जो सामाजिकता जन्मी, वह नाजुक तो है, मगर उसकी खूबसूरती से इनकार नहीं किया जा सकता। जो विलक्षणता कमल और गुलाब के मिलन में है, महाकाव्य और प्रगीत-काव्य के मिश्रण में है, विश्वकर्मा और जौहरी के आलिंगन में है, यही विलक्षणता इस्लाम और हिन्दुत्व के मिलन से उत्पन्न हुई, जिसके सबसे जाज्वल्यमान

उदाहरण आगरे का ताजमहल, रहीम के दोहे और घनानन्द तथा नजीर अकबराबादी के काव्य हैं।

मगर एक अरसे के बाद भारतीय इस्लाम के भीतर भी प्रवृत्ति की शिक्षा मन्द पड़ गई और वह भी धीरे-धीरे निवृत्ति के उसी अँधियारे में जा फँसा जिसमें बुद्ध के बाद का हिन्दुत्व रहता आया था। ठीक उसी समय पलासी के मैदान में क्लाइब की तोपें गरज उठीं, जो एक साथ अभिशाप और वरदान, दोनों का प्रतीक थीं। अभिशाप इसलिए कि इन्हीं तोपों के मुख से भारत में गुलामी का धुआँ विकीर्ण हुआ। और वरदान इसलिए कि इन्हीं तोपों की गड़गड़ाहट से भारतवासियों की वह कुम्भकर्णी निद्रा टूटी, जो प्रायः हर्षवर्द्धन के बाद, किसी-न-किसी रूप में, बरकरार चली आ रही थी।

जब यूरोप भारत पहुँचा, उस समय हिन्दू और मुसलमान, काफी हद तक अकर्मण्य हो चुके थे। धर्म के नाम पर वे रूढ़ियों को पूजते थे और विद्या के नाम पर दर्शन, काव्य, पुराण और कुछ चालू वैद्यक और ज्योतिष ग्रन्थों के सिवा उन्हें अपने किसी अन्य ग्रन्थ का पता नहीं था। उधर यूरोप विज्ञान और बुद्धिवाद की मशालें लिये आया था। वह अमेरिका और फ्रांस की राज्य-क्रान्तियाँ देख चुका था तथा अज्ञात देशों और समुद्रों का पता लगाकर वह एशियावालों के लिए आश्चर्य का विषय बन गया था। वह स्वतन्त्र चिन्तन का प्रेमी और ऐसी हर बात को शंका से देखने का अभ्यासी था जो बुद्धि की पहुँच से परे दीखती थी। यूरोप की सभ्यता उच्छल और जवान थी। भारतीय संस्कृति बूढ़ी, परेशान और अपने-आपमें जकड़ी हुई थी। जब दोनों सभ्यताएँ मिलीं, तब इस टकराहट से इस्लाम और हिन्दुत्व, दोनों काँप उठे। विशेषतः अंग्रेजी पढ़े-लिखे हिन्दू नौजवान, अपने धर्म और संस्कृति से घृणा करने लगे और ऐसा दिखाई पड़ा, मानो अंग्रेजी शिक्षा के जरिये ही सारा भारतवर्ष ईसाई बन जाएगा। किन्तु इस टकराहट ने हिन्दुत्व को तुरन्त जगा भी दिया और नई परिस्थिति का सामना करने के लिए हिन्दुत्व के भीतर से नये सुधारक और सन्त उत्पन्न होने लगे। राममोहन राय, केशवचन्द्र सेन, स्वामी दयानन्द, परमहंस रामकृष्ण, स्वामी विवेकानन्द और बालगंगाधर तिलक—ये इसी जाग्रत या

अभिनव हिन्दुत्व के व्याख्याता हुए हैं। इनके व्याख्यान का हिन्दुत्व वह नहीं है जो मध्यकाल अथवा बौद्धकाल में था।

अभिनव हिन्दुत्व निवृत्ति नहीं, प्रवृत्ति पर जोर देता है। वह संसार से भागकर वैयक्तिक मोक्ष खोजने को धर्म का सच्चा स्वरूप नहीं मानता, प्रत्युत संन्यासियों को भी वह समाज-सेवा में प्रवृत्त करता है, जिस सेवा-कार्य में असंख्य गृहस्थ लगे हुए हैं। भारतीय नारियों की जो प्रतिष्ठा वैदिक काल में थी, वह भारत में फिर से वापस आ गई है और अब धर्म की एक भी कड़ी ऐसी नहीं है जो नारियों को कहीं से भी बाँधकर गुलाम रख सके।

सभी धर्म एक हैं, इस सत्य की जैसी गहरी अनुभूति अभिनव हिन्दुत्व के पास है, वैसी दुनिया में और कभी देखी न गई थी। अभिनय हिन्दुत्व के अन्यतम साधक, परमहंस रामकृष्ण, बारी-बारी से शाक्त, वैष्णव, वेदान्ती, ईसाई और मुसलमान हुए थे, और इन सभी मार्गों की साधना करके उन्होंने जो उपदेश दिया, वह यह था कि हिन्दू, मुस्लिम, ईसाई या बौद्ध मत में कोई भेद नहीं है। अभिनव हिन्दुत्व के दूसरे व्याख्याता स्वामी विवेकानन्द ने अमेरिका में कहा था कि परस्पर एक-दूसरे के धर्म को बरदाश्त करना भी यथेष्ट नहीं है। हमें तो प्रत्येक धर्म को अपना ही धर्म मानना चाहिए। इसी प्रकार, महात्मा गांधी, अरविन्द और रवीन्द्र के प्रयोगों के भीतर से हिन्दुत्व का जो रूप प्रकट हुआ है, वह लगभग विश्वधर्म की भूमिका बन गया है। जब सांस्कृतिक जागरण होता है, जातियों के कुछ प्राचीन सत्य दोबारा जन्म लेते हैं। भारतवर्ष में उन्नीसवीं सदी में जो सांस्कृतिक जागरण या 'रिनांसा' हुआ, उसमें वेदों और उपनिषदों के सत्यों ने पुनर्जन्म ग्रहण किया और तभी से विज्ञान के सत्यों के साथ उन्हें एक करके हम आगे बढ़ रहे हैं।

खड़े तो हम अपनी ही जमीन पर हैं, किन्तु नवीन क्षितिज से विश्व में जितनी भी किरणें उतरी हैं, हम उन सबका आलिंगन चाहते हैं। यूरोप की कर्मठता को हम भारतीय चिन्तन-शक्ति से एकाकार करना चाहते हैं। इसीलिए भारत में हमने गृहस्थ और संन्यासी का भेद उठा दिया है। विज्ञान की सीमाएँ यूरोप में अब दिखाई पड़ने लगी हैं। किन्तु विवेकानन्द को वे

उन्नीसवीं सदी में ही ज्ञात थीं। विज्ञान का हम स्वागत करते हैं और चाहते हैं कि हमारे देश में भी उसका ऊँचे-से-ऊँचा विकास हो। किन्तु भारत पहुँचकर विज्ञान की ध्वंसकता दूर हो जाएगी, क्योंकि यहाँ हम जिस मनुष्य को जन्म दे रहे हैं, वह हृदयहीन नहीं होगा। भारत की विशेषता आदर्श व्यक्ति की रचना रही है। यूरोप आदर्श समाज के निर्माण में पटु है। किन्तु आदर्श व्यक्तियों की संख्या न बढ़े तो आदर्श समाज की कल्पना ही निस्सार है। भारत जिस साधना में लगा हुआ है, यदि वह सफल हुई तो विश्व के सामने एक दिन हम वह समाज उपस्थित कर सकेंगे जिसका केवल ढाँचा ही आदर्श नहीं होगा प्रत्युत व्यक्ति भी आदर्श होंगे। यूरोप में साधन और साध्य दो अलग वस्तुएँ हैं। किन्तु अपने इतिहास और गांधी जी की शिक्षा से भारतवर्ष में हम यह मानकर चल रहे हैं कि साधन और साध्य, ये एक ही वस्तु के दो नाम हैं।

[1956 ई.]

बौद्ध धर्म की विश्व-व्यापकता

केवल बौद्ध धर्म ही क्यों, संसार में जितने भी धर्म हैं, विश्व-व्यापकता का गुण थोड़ा-बहुत सबमें है। बिलगाव को लें तो बौद्ध मत ईसाइयत और इस्लाम से अलग मत है क्योंकि बौद्ध लोग पुनर्जन्म में विश्वास करते हैं, लेकिन ईसाई और मुसलमान पुनर्जन्म को नहीं मानते। फिर यह भी है कि बौद्ध मत में ईश्वर का नाम नहीं लिया गया है। किन्तु हिन्दू-धर्म, इस्लाम और ईसाई मत तथा यहूदी मत—ये सब ईश्वर के अस्तित्व में विश्वास करते हैं। फिर भी, यह नहीं कहा जा सकता कि बौद्ध धर्म, धर्म न होकर केवल आचार है। प्रत्येक धर्म के दो पक्ष होते हैं : एक का सम्बन्ध उस धर्म के माननेवालों के आचरण से होता है और दूसरे का सम्बन्ध उनके दार्शनिक विश्वास से। बौद्ध मत निरीश्वरवादी होता हुआ भी अदृश्य वास्तविकता में विश्वास करता है यानी यह मानता है कि जिन्दगी वहीं तक खत्म नहीं हो जाती जहाँ तक हमारी स्थूल आँखें उसे देख सकती हैं। दृश्य

के परे एक और वास्तविकता है जो अदृश्य है, नियमों के परे एक और नियम है जो दिखाई नहीं देता, लेकिन जिस नियम के अनुसार हमारे इस जन्म का कर्मफल हमें उस जन्म में भोगना पड़ता है। हाँ, बुद्ध का यह उपदेश जरूर है कि तुम्हारे बस में तुम्हारे कर्म हैं, और उन्हें ही तुम सुधार सकते हो। जो बातें मानी नहीं जा सकतीं, उनके पीछे मत पड़ो। अनुष्ठान और पूजा की विधियाँ तथा धार्मिक रीति-रिवाज धर्म के बाहरी अंग हैं और वास्तविक धर्म की दृष्टि से इनका कोई खास महत्त्व नहीं है। हिन्दू-धर्म के रहस्यवादी साधु और इस्लाम तथा ईसाइयत के सूफी सन्त धर्म के बाहरी आचारों में विश्वास नहीं करते। उनकी दृष्टि तो उस मूल उत्स पर रहती है जहाँ से सभी धर्मों का जन्म होता है। सभी धर्मों का मूल उत्स यानी पैदा होने की जगह एक है। धर्म की उत्पत्ति तब होती है जब मनुष्य यह सोचने लगता है कि मैं कौन हूँ, कहाँ से आया हूँ और कहाँ मुझे जाना होगा? यह संसार क्या है? इसका कोई कर्ता है अथवा यह यों ही उछलकर हमारे सामने आ गया है? जाहिर है कि ये प्रश्न सभी धर्मों के मूल में काम करते हैं। जहाँ इन प्रश्नों पर विचार नहीं किया जाता, वहाँ दर्शन भले ही तैयार हो जाए, धर्म का उदय नहीं होता है।

रवीन्द्रनाथ ने कहा था—धर्म को गहे रहो, धर्मों को छोड़ दो। यह बात बिलकुल सच है। धर्म वह है जो हमें यह शिक्षा देता है कि हम अपनी आत्मा के साथ क्या सलूक करें। जहाँ तक आत्मा-परमात्मा के सम्बन्ध का प्रश्न है, जहाँ तक यह जानने का सवाल है कि जिन्दगी इसी दुनिया में खत्म हो जाती है या वह इसके बाद भी है, वहाँ तक संसार के सभी धर्म एक हैं। धर्म के इसी रूप को डॉ. राधाकृष्णन् ने 'आत्मा का धर्म' कहा है और आत्मा के धर्म के रूप में हिन्दुत्व, बौद्ध मत, ईसाइयत और इस्लाम में कोई भेद नहीं है। एक ही तत्त्व है जो सबमें व्याप्त है। एक ही दिशा है जिसकी ओर सभी धर्म इशारा करते हैं। अतएव यह प्रश्न नहीं उठता कि बौद्ध मत के सिद्धान्त अन्य धर्मों में गए हैं या नहीं। आने-जाने की कोई बात नहीं है। सभी धर्मों का मूल उत्स एक है जिसे हम यह जानने की इच्छा कह सकते हैं कि हमारे जन्म और मरण के पीछे क्या रहस्य है।

हाँ, इससे नीचे के धरातल पर हम यह जानने की कोशिश कर सकते हैं कि बौद्ध मत ने संसार को क्या दिया, और किस रूप में वह विश्वव्यापक धर्म है। जहाँ तक हिन्दुत्व का सवाल है, बौद्ध मत उसके भीतर से उत्पन्न हुआ और अपनी जन्मभूमि में अपना मिशन पूरा करके वह फिर से हिन्दुत्व के ही भीतर समाविष्ट होकर विद्यमान है। बुद्ध भारत के लिए अजनबी या अपरिचित धर्माचार्य नहीं थे। वे अपने समय के सर्वश्रेष्ठ हिन्दू थे और इस हैसियत से उपनिषदों का मन्थन करके उन्होंने जन-कल्याण के लिए एक नई राह निकाली। हिन्दू उन्हें विष्णु के दस अवतारों में से नौवाँ अवतार मानते हैं। 'दशावतार-वन्दना' में जयदेव ने बुद्ध-अवतार की वन्दना भी उसी श्रद्धा से की है जिस श्रद्धा से उन्होंने राम और कृष्ण की स्तुति की है :

निन्दसि वेदविधेरहह श्रुतिजातम्
सदयहृदयदर्शित पशुघातम्
केशव धृतबुद्धशरीर जय जगदीश हरे।

वास्तव में, जो सम्बन्ध यहूदी धर्म और ईसाइयत में है, जो सम्बन्ध पुराने टेस्टामेंट और नये टेस्टामेंट में है, वही सम्बन्ध वैदिक हिन्दुत्व और बौद्ध मत में भी माना जाना चाहिए; बल्कि सर हरिसिंह गौड़ ने तो गांधी जी को स्पष्ट सुझाव दिया था कि हिन्दुत्व के उसी रूप का प्रचार किया जाना चाहिए जिसका आख्यान बुद्धदेव ने किया है। और ईसाइयत एवं बौद्ध मत के बीच तो इतनी समता है कि देखकर आश्चर्य होता है। यह समता आप-से-आप नहीं आई होगी। उम्र में बौद्ध मत ईसाइयत से, और नहीं तो, पाँच सौ वर्ष बड़ा है। ईसा मसीह ने जिस भूभाग में अपना धर्मोपदेश दिया, वहाँ ईसा से सैकड़ों वर्ष पूर्व बौद्ध धर्म का अमृत बरस चुका था। जब ईसा मसीह ने अपना सम्प्रदाय खड़ा किया, उन्होंने बहुत-सी बातें बौद्ध सम्प्रदाय से ले लीं। ईसाई धर्म बौद्ध धर्म के समान है। ईसाई पादरियों की पोशाक बौद्ध भिक्षुओं की पोशाकों का विकसित रूप है तथा ईसाइयत के भीतर अहिंसा, विनय एवं करुणा का जो प्राचुर्य है, वह बौद्ध मत की देन मानी जाती है। बौद्ध मत के प्रभावों के कारण ईसाइयत का

उदय हुआ, इस बात को रोमन धर्म के अनुयायी भी मानते हैं; बल्कि सेंट बोसाफेत के नाम से वे बुद्ध को भी ईसाई सन्तों में ही गिन लेते हैं। ईसाइयत और बौद्ध मत के बीच इतनी समानता है कि जर्मन दार्शनिक नीत्शे ने जब निवृत्ति मार्गी धर्मों पर आक्रमण किया तब बौद्ध मत और ईसाइयत, दोनों को उसने एक ही लाठी से हाँक दिया।

इस्लाम निवृत्तिमार्गी नहीं, प्रवृत्तिमार्गी धर्म है। अतएव मौलिक इस्लाम पर बौद्ध मत का प्रभाव पड़ा होगा, ऐसा नहीं कहा जा सकता। किन्तु जब इस्लाम के भीतर तसव्वुफ या रहस्यवाद की उत्पत्ति होने लगी तब उसके पीछे हिन्दू बौद्ध प्रभाव अवश्य था, ऐसा विद्वानों का मत है। इसके सिवा, अभिनव अफलातूनी मत का जो प्रभाव इस्लाम पर यूनान होकर पड़ा, वह भी मूलतः हिन्दू और बौद्ध प्रभाव ही था, क्योंकि प्लाटिनस, जो इस बात का व्याख्याता हुआ है, वास्तव में बौद्ध और ब्राह्मण धर्म से प्रभावित था। यदि भौगोलिक विस्तार को देखें तो बौद्ध मत एक समय, प्रायः समस्त एशिया में फैला हुआ था, यहाँ तक कि मुसलमान होने के पूर्व हिमालय पार के तुर्क भी बौद्ध थे एवं चंगेज खाँ और हलाकू, ये दोनों आततायी वीर इस्लाम नहीं, बल्कि किसी किस्म के बिगड़े हुए बौद्ध मत के ही अनुयायी थे। लंका, बर्मा और श्याम में बौद्ध धर्म का हीनयान रूप प्रचलित हुआ तथा चीन, तिब्बत, मंगोलिया, कोरिया और जापान में उसका महायान रूप पहुँचा। इन देशों में आज भी बौद्धों की संख्या बहुत विशाल है।

बौद्ध मत की एक विशेषता यह भी है कि जब से संसार में धर्म का अनादर होने लगा है तब से धर्म के आलोचक अन्य धर्मों के विषय में चाहे जो भी कहें, किन्तु बौद्ध मत के प्रति वे अपनी सहानुभूति ही दिखलाते हैं। बौद्ध मत से नास्तिकों की सहानुभूति का कारण यह है कि बुद्ध ने ईश्वर की आवश्यकता पर ध्यान नहीं दिया। बुद्धिवादी लोग बौद्ध मत का आदर इसलिए करते हैं कि बुद्ध ने बार-बार अपने शिष्यों से कहा था कि मेरी बातों में इसलिए विश्वास मत करो कि वे मेरी बातें हैं, बल्कि इसलिए कि वे तुम्हारी समझ में भी आती हैं। जब तक मेरी बातें तुम्हारी अपनी बुद्धि में न आएँ, उन्हें तुम्हें नहीं मानना चाहिए। और समाज-सुधारकों को बौद्ध मत इसलिए अच्छा लगता है कि यह मत जातिप्रथा को नहीं मानता एवं

जन्मना सभी मनुष्यों को परस्पर समझता है। राजनीति वाले बौद्ध मत को प्रजातन्त्री व्यवस्था का आदि प्रवर्तक और समाजशास्त्र वाले उसे विशाल मानवता का पहला आन्दोलन मानते हैं। और इस पर भी यह सत्य है कि जो भी लोग इस गए-गुजरे जमाने में धर्म को फिर से जाग्रत करना चाहते हैं, बौद्ध मत के भीतर उन्हें भी सबसे बड़ी आशा दिखाई देती है क्योंकि यही वह धर्म है जिसमें ईश्वर के अस्तित्व को लेकर शास्त्रार्थ करने की जरूरत नहीं समझी जाती, जिसके अन्दर परलोक-सम्बन्धी प्रश्नों का पूछा जाना स्वयं शास्ता के द्वारा वर्जित है तथा जो केवल मनुष्य के आचरणों की शुद्धि करके उसे ऊपर उठाता है, जो पंचशील के पालन से मनुष्य के इहलौकिक जीवन को अधिक सुन्दर तथा सुरम्य बनाता है एवं ध्यान के द्वारा उसे आगामी जीवन के लिए तैयार करता है। लगभग बौद्ध धर्म के समान ही कोई धर्म विश्व का अगला धर्म होगा, जिसका लक्ष्य मनुष्य को करुणा, मैत्री और अहिंसा की शिक्षा देना होगा तथा जो जन-जन के बीच नैसर्गिक समता का प्रचार करेगा।

[1956 ई.]

मैथिल कोकिल विद्यापति

हिन्दी के बृहत्रयी कवि कौन हैं : तुलसी, सूर और विद्यापति अथवा तुलसी, सूर और कबीर? निर्णय आसानी से नहीं दिया जा सकता, यद्यपि मेरा निजी मत है कि बृहत्रयी की पंक्ति में तीसरे स्थान का अधिकारी विद्यापति को ही होना चाहिए।

विद्यापति का जन्मवर्ष अभी तक निश्चित नहीं किया जा सका है। जो सामग्रियाँ उपलब्ध हैं, उनके आधार पर इतना ही कहा जा सकता है कि उनका जन्म 1350 ई. के आसपास हुआ होगा। और, सम्भवतः कबीर के वे लगभग पचास वर्ष के पूर्ववर्ती रहे होंगे। हाँ, यह निश्चित है कि उनका जन्म बिहार प्रान्त के मिथिला नामक जनपद में हुआ था।

वे ऐसे समय में हुए जब चिन्तन की भाषा संस्कृत और साहित्य की भाषा अपभ्रंश थी। विद्यापति ने भी अपभ्रंश में अपनी 'कीर्तिलता' नामक पुस्तक की रचना की जिसकी भाषा को उन्होंने अवहट्ट कहा है और जिस

भाषा के अनुसार उन्होंने अपना नाम विद्यापति नहीं बताकर, बिज्जावइ बताया है।

बालचन्द बिज्जावइ भाषा दुहु नहि लग्गइ दुज्जन हासा।

अर्थात् बाल चन्द्रमा और विद्यापति की भाषा, ये दुर्जनों के हँसने से कलंकित नहीं हो सकते।

'कीर्तिलता' विद्यापति की आरम्भिक रचना है जिसे उन्होंने, कदाचित्, सोलह वर्ष की उम्र में लिखा था। प्रौढ़ होने पर उन्होंने अपभ्रंश को छोड़ दिया तथा कविताएँ वे मैथिली में तथा शास्त्रीय निबन्ध संस्कृत में लिखने लगे। इस प्रकार विद्यापति का लिखा हुआ साहित्य परिमाण में भी बहुत है।

हिन्दी साहित्य के इतिहास में विद्यापति वीरगाथा-काल के कवि माने जाते हैं, यद्यपि युद्ध का कुछ थोड़ा वर्णन उनकी 'कीर्तिलता' में ही मिलता है और 'कीर्तिलता' विद्यापति की प्रतिनिधि रचना तो मानी ही नहीं जा सकती। उनकी असली प्रतिभा तो उनके पदों में निखरी है और विद्यापति के पद किसी प्रकार चन्दबरदाई एवं आल्हखंड के रचयिताओं की कविताओं में मिश्रित नहीं किए जा सकते। लोग विद्यापति को भक्ति-काल के कवियों में गिनने से भी हिचकते हैं, क्योंकि विद्यापति का प्रधान स्वर आनन्द का स्वर है—दैहिक आनन्द का स्वर है एवं राधा-कृष्ण के नाम उन्होंने नायक-नायिका के रूप में ही लिये हैं। उनका नाम रीतिकाल के भीतर भी खपाया नहीं जा सकता, क्योंकि, यद्यपि, उनके पद स्पष्ट गवाही देते हैं कि उन्हें रीतियों का भरपूर ज्ञान था, फिर भी रीति, रस या अलंकारों के उदाहरण उपस्थित करने के लिए उन्होंने पदों की रचना नहीं की थी। इस प्रकार विद्यापति किसी भी वर्ग में समा नहीं सकते। उनके सत्कार के लिए ऐसा सिंहासन चाहिए जिस पर केवल वही बैठ सकते हैं। वे केवल कवि थे और कविता में सौन्दर्य और आनन्द को छोड़कर वे और किसी बात को स्थान नहीं देते थे। कविताएँ रचते समय उन्हें इस बात का ध्यान नहीं रहता था कि वे वैष्णव हैं या शैव अथवा शाक्त, न इस बात का कि वे साहित्य और धर्म-शास्त्रों के उद्भट विद्वान भी हैं। उन्होंने जो कुछ लिखा, सहज, सुन्दर और आनन्दमय भाव से लिखा, सौन्दर्य से

छककर लिखा, मस्ती के तूफान में लिखा। कविताएँ उनका आत्म-निवेदन नहीं, आत्माभिव्यक्ति हैं। मानव-शरीर की सुन्दरता एवं नर-नारी के प्रणय-व्यापार पर उनकी इतनी श्रद्धा है कि इनका वर्णन करने में उन्हें कहीं भी हिचकिचाहट नहीं होती।

श्रृंगारिक कवि तो हमारे साहित्य में एक से बढ़कर एक हुए हैं, किन्तु, श्रृंगार की जो सहजता विद्यापति में है, वह अन्यत्र नहीं दिखाई देती। प्राचीन कवियों से आधुनिक पाठकों की एक शिकायत यह रहती है कि श्रृंगार-वर्णन करते हुए ये कवि अपनी वासना अथवा अपनी उमंग को सीधे न कहकर किसी राजा अथवा लोकोत्तर नायक के मुख से व्यक्त करते हैं। ऐसा होने से प्रेमानुभूति की स्वाभाविकता कुछ मद्धिम पड़ जाती है। किन्तु विद्यापति इसके उपवाद हैं। नारी को देखकर नर और नर को देखकर नारी में जो सहज स्वाभाविक आकर्षण जगता है, उसका रहस्य सबको ज्ञात है। किन्तु विद्यापति ने इस अनुभूति को जिस निश्छलता से व्यक्त किया है, वह सफाई, वह सच्चाई और वह निश्छलता और कहीं नहीं मिलती :

ततहि धाओल दुहुँ लोचन रे
जतय गेलि वर नारि,
आशा लुबुध न तेजइ रे
कृपनक पाछु भिखारि।

अर्थात् जहाँ-जहाँ वह श्रेष्ठ सुन्दरी जाती है, मेरे दोनों लोचन वहीं-वहीं दौड़ रहे हैं, मानो आशा के लोभ में पड़ा हुआ भिखारी कृपण का पीछा न छोड़ रहा हो!

यह प्राकृतिक पुरुष का निश्छल उद्गार है और इसका प्रभाव इसीलिए पड़ता है कि यह निश्छलता से कहा गया है, बिना हिचक के कहा गया है– कृष्ण या आश्रयदाता राजा की ओर से नहीं, सीधे कवि की ओर से कहा गया है।

विद्यापति की कविता उनके जीवन-काल में इतनी प्रसिद्ध हो गई थी कि लोग उन्हें कविशेखर, अभिनव जयदेव और मैथिल कोकिल के नाम से

पुकारने लगे थे। और आज भी तुलसीदास के बाद वे, शायद, एक मात्र कवि हैं, जिनके अधिक-से-अधिक पद जन-जीवन में घुले हुए हैं, जिनकी कविताएँ पंडितों से अधिक अपढ़ जनता को याद हैं तथा जिनके पदों का गान मिथिला की गृहलक्ष्मियों का प्रधान आनन्द है।

किन्तु ये बातें कैसे हुईं? विद्यापति ने क्या किया कि उनकी कविताएँ जनता में इस जोर से फैल गईं? कारण अनेक होंगे, किन्तु सबसे बड़ा कारण यह है कि कवि विद्यापति पर पंडित विद्यापति का आतंक नहीं था। विद्यापति का कवि-हृदय मिथिला के जन-हृदय से एकाकार था। साहित्य की दृष्टि से तो विद्यापति के पद अतुलनीय हैं ही, उनकी सबसे बड़ी विशेषता यह है कि वे लोक-साहित्य की भी अतुल कृतियाँ हैं। विद्यापति के भाव मन से नहीं, जीवन से आते थे। उन्होंने ताल और भुर्जपत्रों पर लिखी पोथियाँ ही नहीं पढ़ी थीं, प्रत्युत सबसे अधिक वे उन पोथियों के प्रेमी थे जो खेत-खलिहान, कुंज-वीथि, पनघट और जनता के घर-आँगन में खुली हुई हैं।

विद्यापति के पदों में प्रसारित देश ग्राम-देश है। उनके गीतों में चित्रित सुन्दरियाँ ग्रामीण-सुन्दरियाँ हैं जिन्हें अलंकरण और प्रसाधन की सुविधा नहीं; जिनके सारे अलंकार उनके हाव-भाव हैं; जिनके बोल सभ्यता के सधे हुए कृत्रिम बोल नहीं, हृदय की निष्कपटता से निकले हुए सहज उद्गार हैं और किसी भी बनावट के बिना दमकनेवाला यह सौन्दर्य कितना सीधा-सादा, मगर कितना आकर्षक और पवित्र है :

सहजहिं आनन सुन्दर रे
भौंह सुरेखलि आँखि,
पंकज मधु पिबि मधुकर रे
उरए पसारल पाँखि।

उसका मुखमंडल बिना किसी प्रसाधन के ही सुन्दर है। उसकी भौं सुरम्य काली रेखा-सी प्रतीत होती है, मानो कमल का मधु पीकर मधुकरों की पाँती उड़ी जा रही हो!

और यह सरल ग्राम-युवती अपने पति के विदेश-गमन के समय जो कुछ कहती है, वह भी ग्राम-युवती का ही सरल भाव है, उसमें नागरिक

चातुरी या परदा नहीं है। नायिका जिस बात से डरती है, उसे ही वह सहज भाव से कह देती है :

माधव, तोहें जनु जाह बिदेस।
हमरो रंग-रभस लय जयबह लयबह कोन सन्देस।
वनहिं गमन करू होयत दोसर मति बिसरि जायब पति मोरा।
हीरा-मानिक एको नहि माँगब फेरि माँगब पहु तोरा।

हे माधव! तुम विदेश मत जाओ। विदेश जाने से मेरा आमोद-प्रमोद तुम अपने साथ ले जाओगे, लेकिन बदले में ऐसी कौन-सी चीज लाओगे जो मेरे रंग-रभस के बराबर हो? घर से बाहर होते ही तुम्हारी मति बदल जाएगी और तुम मुझे भूल जाओगे। इसी से कहती हूँ कि मुझे हीरा-मोती नहीं चाहिए। मैं तो बार-बार तुम्हें ही माँगती हूँ।

विद्यापति सौन्दर्य, जवानी, दाम्पत्य-प्रेम और मस्ती के कवि हैं। उन्होंने एक पद भी कहा है जो उनकी समस्त काव्य-रचना की कुंजी के समान लगता है :

सरसिज बिनु सर, सर बिनु सरसिज
की सरसिज बिनु सूरे,
यौवन बिनु तनु, तनु बिनु यौवन
की यौवन पिय दूरे।

कमल के बिना सरोवर या सरोवर के बिना कमल अथवा वह कमल जिसे सूर्य नहीं मिला हो, ये बातें ऐसी ही हैं, जैसे शरीर में जवानी न हो या जवानी को शरीर-सम्पदा न मिली हो अथवा वह जवानी, जब प्रियतम पास नहीं, कहीं दूर हो।

विद्यापति ने शिव की स्तुति में भी बहुत-से पद कहे हैं जो मिथिला में 'नचारी' के नाम से विख्यात हैं। बुढ़ापा आने पर शृंगार और यौवन के इस महागायक को कुछ थोड़ा-सा पश्चात्ताप भी हुआ जिसकी अभिव्यक्ति उनके पदों में बड़े ही वेधक ढंग से हुई है :

तातल सैकत वारि बिन्दु-सम
सुत मित रमनि-समाज

तोहे बिसरि मन ताहि समर्पितु
अब मझु हब कोन काज।
माधव, हम परिनाम निराशा।

पुत्र, मित्र और प्रेमिकाओं से मिलनेवाला सुख तप्त बालू पर गिरनेवाले जलबिन्दु के समान क्षणस्थायी और नश्वर हैं। हे प्रभो! मैंने आपको भूलकर अपना मन इन्हें समर्पित कर दिया था, किन्तु अब मेरा क्या हाल होगा? हे माधव! लगता है, जैसे यह निराशा हमारे सारे जीवन का एक मात्र परिणाम है।

यह पश्चात्ताप भी निष्कपट कवि का ही पश्चात्ताप है। वैराग्य की अवस्था आने पर उपदेश बहुतों ने दिये हैं, किन्तु उनके उपदेश ऐसे लगते हैं, मानो सारे संसार की दशा देखकर कहनेवाले ने कुछ नियम कह दिये हों! किन्तु विद्यापति का यह पश्चात्ताप उनके अपने हृदय से निकला है। वह नियम नहीं, कविता की कड़ी है। जिस प्रकार उन्होंने नारी पर अपनी आसक्ति निष्कपट भाषा में कही थी, बुढ़ापे में आकर उसी निष्कपटता से उन्होंने यह भी कह दिया कि पुत्र और मित्र ही नहीं, प्रत्युत् प्रेमिकाएँ भी व्यर्थ हैं। अन्त में, ये सब-के-सब तुच्छ हो जाते हैं। यह निष्कपटता विद्यापति की कविताओं की सबसे बड़ी शोभा है।

[1956 ई.]

विद्यापति और ब्रजबुलि

विद्यापति आज प्रायः छह सौ वर्षों से, बिना किसी बाहरी अवलम्ब के जीते चले जा रहे हैं, जिस तरह कुछ अन्य कवि भी जीते आए हैं। किन्तु उनकी जो मधुरता उनके लिए अमृत का काम करती रही है, उसी ने उनकी पदावलियों को एक ऐसे जाल में उलझा रखा है जहाँ से पूर्ण शुद्धता के साथ उन्हें निकाल देना अत्यन्त दुष्कर कार्य है। यह जाल है उन असंख्य अनुकर्ताओं का जो उनके बाद और उनके समय में भी, केवल मिथिला में ही नहीं, बल्कि बंगाल, उड़ीसा और आसाम में भी उत्पन्न हुए तथा जिनके पदों की भीड़ में से विद्यापति के पदों को सही-सही ढूँढ़ निकालना बड़ा ही कठिन हो रहा है।

एक तरह से यह जाल ब्रजबुलि नामक उस मोहिनी भाषा का जाल है जो, कहते हैं, आकस्मिक रूप से जन्म लेकर समस्त पूर्वी भारत में फैल गई और जिसमें रचे हुए पद, बहुधा, विद्यापति विरचित होने का भ्रम उत्पन्न

करने लगे। यहाँ विलगाव की प्रक्रिया में विद्वानों का पथ-प्रदर्शन केवल 'भणिताएँ' करती हैं, किन्तु जहाँ 'भणिता' नहीं मिलती, वहाँ अक्सर कठिनाई उत्पन्न हो जाती है तथा 'भणिता' मिलने पर भी कभी-कभी यह निर्णय करना कठिन हो जाता है कि इस पद का वास्तविक रचयिता कौन है। ऐसा भी होता है कि एक-एक कविता में दो-दो, तीन-तीन भणिताएँ मिल जाती हैं और तब सम्पादक को अपने-आप पर भरोसा रखकर कोई निर्णय दे देने के सिवा दूसरा उपाय नहीं सूझता। विद्यापति की पदावलियों के सम्बन्ध में अभी तक सबसे अधिक काम बंगला में स्वर्गीय नगेन्द्रनाथ गुप्त का ही समझा जाता है। किन्तु उनका संग्रह भी ऐसे दोषों से मुक्त नहीं है।[1]

मिथिला में विद्यापति के जो पद मिलते हैं, उनमें भी विकृतियाँ हैं, फिर भी मिथिला में पाई जानेवाली पांडुलिपियों पर अधिक भरोसा किया जाना चाहिए, यदि वे काफी प्राचीन हों। स्वर्गीय पं. शिवनन्दन ठाकुर ने (जिनकी कृति का हमने अभी तक वह सम्मान नहीं किया है, जिसकी वह अधिकारिणी हैं) तो रामभद्रपुर वाली पांडुलिपि के आधार पर जिन नये 85 पदों का सम्पादन किया था, उन्हीं की भाषा और प्रयोग को वे विद्यापति पदावली पर काम करनेवाले विद्वानों के लिए मॉडल या आदर्श बता गए हैं। किन्तु कठिनाई यह है कि पदावली की अधिकांश सामग्रियाँ बंगाल से आई हैं और वहाँ उनमें से अधिकांश ब्रजबुलि साहित्य के ढूहों के बीच से ही खींच-खाँचकर निकाली गई हैं। अतएव, उन पर बंगला[2] का प्रभाव स्पष्ट दिखाई देता है।

---

1. नगेन्द्रनाथ गुप्त के संग्रह के पद सं. 81, 86, 210, 538, 596, 624, 665, 669 और 703 में गोविन्ददास का नाम विद्यापति के साथ आया है। एक उदाहरण है :

   भनई विद्यापति गोविन्ददास तथि पूरल इस रस ओर।

   गुप्त जी ने अर्थ किया है कि इस रस सीमा की पूर्ति गोविन्ददास ने की।

   —विद्यापति, द्वितीय संस्करण, सम्पादक : अमूल्य चरण और खगेन्द्रनाथ

2. 'ये नगेन्द्र बाबू...तिनि उ पाठविकृतिरजन्य कम दायी न हेन। बंगदेशे प्राप्त पदावलीर काल्पनिक मैथिल रूप दिते गिया तिनि। ये सकल भूल करियाछेन, ताहरा संख्याउ अल्प नहे।'

   —श्री खगेन्द्रनाथ मित्र : विद्यापति की भूमिका

ग्रियर्सन,[1] सुकुमार सेन,[2] नगेन्द्र नाथ गुप्त, यहाँ तक कि सुनीति बाबू[3] का भी यही खयाल है कि ब्रजबुलि के जन्म का कारण मिथिला में पठनार्थ जानेवाले बंगाली छात्रों, बंगाल के अक्षम लिपिकारों एवं ततोऽधिक अशिक्षित कीर्तनगायकों का मैथिली भाषा का अज्ञान अथवा अधूरा ज्ञान था। पठानों की बंगाल-विजय के बाद जब मिथिला (और उड़ीसा भी) हिन्दुत्व की एक मात्र पीठ रह गई तब बंगाली छात्र संस्कृत पढ़ने को मिथिला आने लगे। उन्हीं के द्वारा विद्यापति के पद बंगाल पहुँचे, जहाँ बंगाली लिपिकारों ने उन्हें लिपिबद्ध किया और बंगाली कीर्तन-गायक उन्हें गाने लगे। किन्तु ये लोग मैथिली के सक्षम ज्ञाता नहीं होते थे। अतः पदों की भाषा उनके हाथों में विकृत होने लगी तथा उस पर धीरे-धीरे बंगला का रंग चढ़ने लगा। कहते हैं, अन्त में इन्हीं विकृतियों से एक नई भाषा निकल पड़ी, जो वैष्णव पदों की भाषा हो गई और वैष्णव धर्म के प्रसार के साथ जिसका प्रचार उड़ीसा और आसाम में भी हो गया। यह भी कहा जाता है कि विद्यापति के पदों के प्रचार की सीमा उड़ीसा में ही समाप्त नहीं हुई थी, प्रत्युत् उसका प्रसार दक्षिण[4] में भी था। ब्रजबुलि के जन्म की कल्पना करते हुए श्री नगेन्द्रनाथ गुप्त ने लिखा है : 'बांगाली ब्रज भावे विभोर हइया, एइ कवितार भाषा की राधाकृष्णेर लीलाभूमि मथुरा वा ब्रजेर भाषा बलिया लइया ब्रजबुलि नाम दियाछे...बांगलीर अस्थिमज्जाय विद्यापति प्रवेश करिलो। विद्यापतिर गान गाहिते गाहिते, क्रमशः, बांगलीर निकट बहुपद बांगलार रूप धारण करिलो।'[5]

इस भाषा का ब्रजबुलि नाम क्यों पड़ा, इसके कई कारण हो सकते हैं। सम्भव है, पदावली के नायक श्री कृष्ण की जन्मभूमि के नाम पर इस भाषा का नाम ब्रजबुलि पड़ा हो; सम्भव है, बंगाल से पश्चिम जिस भाषा में कृष्ण-काव्य की रचना हो रही थी, उसके साम्य पर ही बंगाल में लोगों को

1. Maithili Chrestomathy, पृ. 39
2. History of Brajabuli Literature
3. Introduction to the History of Maithili Literature by *Dr. J.K. Mishra*
4. विद्यापतिर गीतिकविता दाक्षिणात्य देशेर हृदयेउ प्रतिध्वनि तूलिया छिलो।
—खगेन्द्रनाथ मित्र : विद्यापति की भूमिका
5. विद्यापति ठाकुरेर जीवन-वृत्तान्त

यह नाम सूझ गया हो अथवा यह भी सम्भव है कि विद्यापति के अनुकरण पर बननेवाले पदों की भाषा को मैथिल और बंगला, दोनों से ईषत भिन्न पाकर लोगों ने उसका ब्रजबुलि नाम दे डाला हो! किन्तु विचारणीय विषय यह है कि ब्रजबुलि का जन्म, सचमुच ही, बंगाली लिपिकारों और कीर्तनकारों एवं कीर्तनगायकों के प्रमाद से हुआ अथवा वह उस भाषा का प्रतिबिम्ब थी जो एक महाकवि की कल्पना की गर्मी से पिघलकर अत्यन्त तरल और कोमल हो उठी थी। ब्रजबुलि कविता के लिए अत्यन्त उपयोगी सिद्ध हुई है और उसमें जिसने भी लिखा, वह कम-से-कम हास्यास्पद तो नहीं ही हुआ। अपनी मधुरता के कारण ही वह बंगाल, उड़ीसा और आसाम, तीनों प्रान्तों में समादृत हुई तथा नवयुग के बाद भी कवियों का ध्यान उसकी ओर गया एवं 19वीं सदी में जन्मेजय मित्र, बंकिम चन्द्र, राजकृष्ण राय और स्वयं रवीन्द्रनाथ उस भाषा में रचना करने का लोभ सँवरण न कर सके। ब्रजबुलि ने रवीन्द्रनाथ की तो कविता की आँख ही खोली क्योंकि उनके[1] आरम्भिक गान उसी भाषा में लिखे गए हैं। एक ओर ब्रजबुलि की मधुरता का यह हाल है तो दूसरी ओर वह बड़ी ही सरल भाषा भी रही और ब्रजबुलि के भीतर से ही सारे पूर्वी भारत में वैष्णव धर्म का प्रचार हुआ। क्या इतनी सरल, मधुर और सबके हृदय को झंकृत करनेवाली भाषा प्रमाद से उत्पन्न हो सकती थी?

इस सम्बन्ध में कई प्रश्न उठाए जा सकते हैं। सबसे पहले तो विद्यापति की भाषा से ब्रजबुलि भाषा का पूरा साम्य है और ऐसा लगता है कि अनुकरण करनेवालों को बहुत बिगाड़ना नहीं पड़ा है। नीचे के उदाहरणों से यह बात स्पष्ट हो जाएगी :

पहिलहि राग नयन भंग भेल,
अनु दिन बाढ़ल अवधि न गेल,

---

1. ठाकुर भानुसिंहेर पदावली। रवीन्द्र नाथ ने My Reminiscences में भी लिखा है : 'Rejoicing in the graceful shade of the cloudy mid-day rest-house, I lay prone on the bed in my inner room, I wrote on a slate the imitation Maithili poem.'

'Vidyapati's poems and songs were one of the earliest delights that stirred my youthful imagination.' [नगेन्द्रनाथ दास को पत्र में लिखा था]

ना सो रमन, ना हम रमनी,
दुहुँ मन मनोभव पेसल जनी।

—रामानन्द राय (उड़ीसा, 1504-1532)

से कान्ह, से हम, से पंचबान,
पाछिल छाड़ि रग आवे आन,

पाछिला पेमक की कहब साध,
आगिलाह पेम देखिअ अब आध।

—विद्यापति

इन दोनों पदों की भाषा एक-सी है और ऐसी ही समता हम ब्रजबुलि के अधिकांश कवियों एवं विद्यापति तथा गोविन्ददास के बीच पाते हैं।

दूसरी बात यह है कि डॉक्टर सुभद्र झा ने ब्रजबुलि साहित्य की जो चार श्रेणियाँ[1] बनाई हैं, उनमें से एक श्रेणी में उन्होंने उन पदों को रखा है जिनमें बंगला और ब्रजभाषा का रूप मिश्रित मिलता है। यह कैसे हुआ? क्या इसकी प्रेरणा के बीज भी विद्यापति की भाषा में निहित थे, अथवा यह कृष्णभक्त हिन्दी कवियों का प्रभाव है? कहा जाता है कि विद्यापति की अवहट्ट पर शौरसेनी का भी कुछ प्रभाव है। तो क्या यह प्रभाव उनकी मैथिली में भी यदा-कदा उतर पड़ता था? खोजने पर, शायद, थोड़े-बहुत प्रमाण मिल जाएँगे; किन्तु उसके पूर्व तो यह निश्चित करना है कि पदावली की भाषा के किस रूप को हम शुद्ध मानें?

एक तीसरी बात यह भी है कि उड़ीसा में तो ब्रजबुलि का प्रवेश चैतन्य महाप्रभु के साथ हुआ; किन्तु डॉक्टर जयकान्त मिश्र[2] का कहना है कि आसाम में ब्रजबुलि का प्रवेश कामरूप और विदेह के लोगों के समागम के परिणामस्वरूप हुआ था। उनका यह भी कहना है कि आसाम के विख्यात सुधारक शंकरदेव (1449-1568) तीर्थाटन के क्रम में बिहार आए थे और यहीं उन्हें विद्यापति के पदों से परिचय हुआ तथा उन्हें यह भी

1. डॉ. जयकान्त मिश्र के इतिहास में उल्लेख
2. History of Maithili Literature

भासित हुआ कि इन पदों की भाषा में वैष्णव धर्म का प्रचार आसानी से किया जा सकता है। यह स्थापना, कदाचित, ठीक होगी क्योंकि बंगाल से वैष्णव धर्म का वहन करती हुई अगर ब्रजबुलि आसाम गई होती तो उसके साथ बंगाल में प्रचलित सख्य या पति-पत्नी भाववाली भक्ति भी आसाम पहुँचती। किन्तु आसाम के वैष्णवों में दास्य-भाव की ही प्रधानता रही। इसके सिवा, आसाम के ब्रजबुलि के पदों में राधा का भी नाम नहीं है। यहाँ एक दूसरी शंका उठ खड़ी होती है कि तब यह विद्यापति के प्रभाव का द्योतक कैसे कहा जा सकता है, क्योंकि विद्यापति की कविता में तो राधा का उल्लेख है? सम्भव है, राधा-तत्त्व के विवर्जन का कारण दास्य-भाव की प्रधानता रही हो। जो हो, विद्यापति की भाषा आसाम भी पहुँची और वहाँ भी उसने अपने लिए अनेक अनुकर्ता उत्पन्न कर लिये। अगर ब्रजबुलि के बंगाल होकर आसाम पहुँचने की बात ठीक नहीं है, तब यह सम्भावना और भी बढ़ जाती है कि ब्रजबुलि विद्यापति की ही भाषा का परदेशगत नाम है।

विद्यापति के पदों के इस व्यापक प्रचार का क्या कारण था? वैष्णव धर्म ने इसमें बहुत बड़ी सहायता की, यह बात निर्विवाद है। यह भी मानने योग्य बात है कि पूर्वी भारत की भाषाएँ आज आपस में जितनी भिन्न हैं, आज से पाँच सौ वर्ष पहले वे उतनी भिन्न नहीं थीं। उस समय एक भाषाक्षेत्र के लोग दूसरे भाषाक्षेत्र के लोगों की बात आसानी से समझ लेते थे। चर्या-पदों को लेकर विद्वानों के बीच जो मतभेद है, उसकी प्रखरता भी यह सोचने पर बहुत कुछ न्यून हो जाती है कि इन पदों की रचना एक ऐसे समय में की गई जबकि अपभ्रंशों के अवसान एवं देश-भाषाओं के उदय की सन्धिवेला या गोधूलि बीत रही थी। राहुल जी[1] ने शायद सत्य ही कहा है कि 9वीं-10वीं सदी की ब्रजभाषा का कोई उदाहरण मिल जाए तो, सम्भव है, उस पर भी अनेक भाषाओं की ओर से दावे पेश किए जाने लगेंगे। अतः यह सोचना अधिक युक्ति-युक्त है कि चर्या-पदों की भाषा उतनी ही मैथिली या मगही कही जा सकती है जितनी बंगला, उड़िया या आसामी।

---

1. (क) हिन्दी काव्यधारा (ख) पुरातत्त्व निबन्धावली

किन्तु इतने से प्रश्न का सम्यक् समाधान नहीं होता। यह ठीक है कि आज से पाँच सौ वर्ष पूर्व इन भाषाओं के बीच भिन्नता अधिक नहीं थी। किन्तु उस समय तक इन भाषाओं का अपना-अपना व्यक्तित्व बन चुका था, जो इस बात से भी प्रमाणित होता है कि जिन दिनों ब्रजबुलि में रचनाएँ की जा रही थीं तब भी प्रत्येक प्रान्तीय भाषा का सबसे अलग साहित्य तैयार हो रहा था।

मुझे तो अधिक सम्भावना इसकी दीखती है कि विद्यापति ने जान-बूझकर एक ऐसी भाषा में अपने पद लिखे जो अधिक-से-अधिक लोगों की भाषा के पास पहुँच सकती थी। भाषा के सम्बन्ध में जनरुचि का उन्हें आरम्भ से ही ध्यान था। कोई 20-22 वर्ष की उम्र में ही उन्होंने लिखा था :

सक्कै बानी बुझ अन भावे,
पाओ रस को मम्म न पावे,
देसिल बैना सब जन मिठ्ठा,
तें तेइसन जम्पौं अवहठ्ठा।

[कीर्तिलता]

विद्यापति की मातृभाषा मैथिली थी, किन्तु वे प्रगाढ़ पंडित और बहुभाषाविद् थे। इसके अतिरिक्त, राजकाज से सम्बन्ध रहने के कारण उनका समस्त पूर्वी भारत से सम्बन्ध रहा होगा और वे सब बोलियों का स्वाद जानते होंगे। तुलसीदास के सम्बन्ध में भी यह कहा जाता है कि उन्होंने जान-बूझकर ऐसी भाषा में कविता लिखी जिसे अधिक-से-अधिक लोग समझ सकें। यह बात विद्यापति के विषय में भी कही जा सकती है। किन्तु कवि क्या जान-बूझकर ऐसी भाषा का प्रयोग करता है? लोकप्रियता प्रेषणीयता की मात्रा पर अवलम्बित है। प्रेषणीयता की वृद्धि साधारणीकरण की शक्ति पर निर्भर करती है और साधारणीकरण का कारण है भाषा का भावमय प्रयोग, जो प्रयोक्ता की अपनी भाव-शक्ति पर निर्भर करता है। जिनकी भाव-शक्ति प्रबल है, उनकी भाषा आप-से-आप भावमय हो उठती है।

लिपिकों और कीर्तन-गायकों का भी कुछ दोष रहा होगा। और शुद्ध पाठ तैयार करने में इन्हीं दोषों का निराकरण हमारा लक्ष्य होना चाहिए। किन्तु उन्हीं के प्रमाद से एक नई सुमधुर भाषा का जन्म मान लेना कुछ ठीक नहीं जँचता। ब्रजबुलि कविता की दृष्टि से अद्भुत भाषा थी एवं देशभाषाओं के बीच उसके समान सुमधुर भाषा दूसरी नहीं हुई। ब्रजबुलि में बंगला, मैथिली और हिन्दी के मिश्रण से पद रचने की हम जो पद्धति देखते हैं, वह प्रमाद से तो नहीं ही जनमी होगी। उसका आरम्भ स्वयं विद्यापति ने किया होगा।

[1952 ई.]

निर्गुण पन्थ की सामाजिक पृष्ठभूमि

हिन्दुओं का जो दल वर्णाश्रम-धर्म का रक्षक और प्रहरी है, वह सदा से यह मानता आया है कि मानवता के उद्धारक और धर्म के त्राता बराबर उच्च कुलों में जन्म लेते हैं। वह यह भी मानता है कि ये महात्मा वैदिक धर्म की निन्दा नहीं करते, न शास्त्रों की आज्ञा के वे विपरीत जाते हैं। किन्तु वास्तविक जीवन में ये सीमाएँ बहुधा टूटती रही हैं। हमने शूद्रों और अन्त्यजों को अपने जूतों के पास बिठाए रखने के अनेक प्रयत्न किए, किन्तु फिर भी शूद्रों और अन्त्यजों के बीच ऐसे-ऐसे महापुरुष उत्पन्न हुए जिनके सामने ब्राह्मण निस्तेज हो गए। किन्तु ब्राह्मण जब-जब इस प्रकार निस्तेज होने लगे, तब-तब उन्होंने पुराणों में नई-नई कथाएँ डालकर अपनी पदरक्षा की कोशिश की। बुद्धदेव जनमे तो उच्च कुल में थे, किन्तु शास्त्रों की सीमाएँ उन्होंने नहीं मानीं और उनकी तेजस्विता इतनी बढ़ी कि ब्राह्मणों ने, कालचक्र में, उन्हें ईश्वर का अवतार मान लिया :

निन्दसि वेदविधेरहह श्रुतिजातम्
सदयहृदयदर्शित पशुघातम्
केशव धृतबुद्धशरीर जय जगदीश हरे!

परन्तु आगे चलकर ब्राह्मणों को लगा, जैसे यह गलत काम हो गया हो। अतएव विष्णुपुराण में एक नई कथा गढ़ी गई कि एक बार राक्षसों ने इतना यज्ञ किया कि उनकी शक्ति अपरम्पार हो गई और देवता उनसे घबराने लगे। फिर देवताओं ने विष्णु के दरबार में अपना रोना रोया और विष्णु देवताओं की रक्षा के लिए पृथ्वी पर गौतम-रूप में अवतरित हुए और राक्षसों को उन्होंने उपदेश दिया कि यज्ञ करना छोड़ दो। राक्षसों ने भी गौतम की बात मानकर यज्ञ करना छोड़ दिया। परिणाम यह हुआ कि वे कमजोर हो गए और देवताओं ने फिर उन्हें जीत लिया। यह एक ही कहानी बुद्धमत पर कई दिशाओं से प्रहार करती है।

यही बात हिन्दी के अनेक निर्गुनियाँ कवियों के बारे में भी हुई। कबीर को पहले तो वर्णाश्रम-धर्मवालों ने हँसकर उड़ा देना चाहा, किन्तु जब वे पर्वत के समान अचल दीख पड़े और मरते-मरते उन्होंने सारे समाज में प्रतिष्ठा प्राप्त कर ली, तब उनके देहावसान के बाद, सम्भवतः ऊँची जातिवालों ने यही किंवदन्ती चला दी कि कबीर जुलाहे के बेटे नहीं थे, उनका जन्म ब्राह्मणी विधवा की कुक्षि से हुआ था अथवा यह कि नीमा और नीरू जुलाहे ने उन्हें लहरतारा के तालाब में कमलकोष में बन्द पाया था। विचित्र बात है कि समाज के जिन दलित लोगों के उद्धार के लिए कबीर ने जीवन भर कष्ट झेला, वे भी कबीर साहब को नीच-वंश जन्मा नहीं मानना चाहते। उनके भीतर भी यही संस्कार घर किए हुए है कि महात्मा केवल द्विजवंशों में ही जन्म ले सकते हैं।[1]

---

1. स्वयं कबीर साहब की भी इच्छा थी कि लोग उन्हें जुलाहा न मानें। यथा :

काँसी का मैं वासी बाम्हन नाम मेरा परबीना,
एक बार हरि नाम बिसारा पकरि जुलाहा कीना।
तथा
कासी में हम प्रगट भये हैं रामानन्द चेताये,
निर्गुण का सन्देसा लाए हंस उबारन आये।

और महात्मा दादू दयाल के विषय में भी ठीक यही हुआ। वे पेशे से धुनिया मुसलमान थे। किन्तु यह बात उनके अनुयायियों को पसन्द नहीं आती। वे मानते हैं कि लोदीराम नामक नागर ब्राह्मण को साबरमती नदी के तट पर एक नवजात बालक बहता हुआ मिला और उसे उठाकर लोदीराम अपने घर ले आए। यही बालक पीछे दादू के नाम से प्रसिद्ध हुआ।

ऐसी ही किंवदन्ती महात्मा रविदास के पीछे भी उठी। वे जाति के चमार थे, यह उन्हीं की बानी से सिद्ध है किन्तु चमार कहीं पूजित भी होता है और उसकी शिष्या कहीं रानियाँ भी हो सकती हैं? निदान, उनके बारे में भी यह कहानी गढ़कर जनसमुद्र में तैरा दी गई कि 'स्वामी रामानन्द जी का एक शिष्य एक ऐसे बनिये के घर से भिक्षा ले आया जिसका कारोबार एक चमार के साथ था। स्वामी जी के ठाकुर जी ने उस दिन थाल स्वीकार नहीं किया। पूछने पर जब पता चला कि उनका ब्रह्मचारी शिष्य उस बनिये के यहाँ से सीधा लाया था तब स्वामी जी ने शाप दिया कि जा, चमार के यहाँ जन्म ले।—बेचारे ब्रह्मचारी ने चमारिन के गर्भ से जन्म तो लिया, पर उस अछूत के स्तनों का दूध नहीं पिया। जब स्वामी रामानन्द ने पूर्वजन्म के ब्राह्मण ब्रह्मचारी को राममन्त्र का उपदेश किया तब कहीं उसने माता के स्तनों का दूध पिया।' यह कहानी कितनी कुटिल और विषाक्त है! फिर भी, रविदास जी के अनुयायी इस कहानी को कलेजे से लिपटाए हुए हैं।

भक्ति और उज्ज्वल चरित्र पर केवल द्विजातियों का अधिकार नहीं है[1] और न यही मानना ठीक है कि सच्चा धर्म वही है जो हजार, दो

1. एकै बूँद, एक मल-मूतर, एक चाम, इक गूदा,
एक जोनि में सब उत्पन्ना को ब्राह्मण को शूदा?
तुम कत बाम्हन, हम कत शूद?
हम कत लोहू, तुम कत दूध?

जो तू करता बरन विचारा
जनमत तीन डंड अनुसारा।
जनमत शूद, मुए पुनि शूदा,
कृतिम जनेउ घालि जग धुदा।
जो तुम बाम्हन बाम्हनी जाये
अवर राह ते काहे न आये?

—कबीर

हजार या पाँच हजार वर्ष पहले आख्यात हुआ था। मूलतः, यह मानना तो ठीक है कि धर्म का आरम्भ तब तक नहीं होता जब तक मनुष्य अदृश्य शक्ति की ओर प्रेम और जिज्ञासा से उन्मुख नहीं होता है। किन्तु, इसके बाद जो अनुष्ठान और विधान हैं, वे कालानुसार बदलते रहते हैं। यही नहीं, मनुष्य के धार्मिक विश्वासों में भी परिवर्तन होता रहता है। इन परिवर्तनों को विवेकपूर्वक स्वीकार करने से धर्म की प्रगति होती है। जहाँ परिवर्तन स्वीकृत नहीं किये जाते और लोग इस कुंठा से फँस जाते हैं कि सुधरा हुआ धर्म, धर्म नहीं है, वहाँ धर्म पंगु हो जाता है।

निर्गुणधारा के सन्तों ने हिन्दू धर्म में ऐसा ही परिवर्तन उपस्थित किया। उपनिषदों के बाद से इस देश में धर्म की दो धाराएँ बहती आई हैं। एक धारा तो वह है जिसके ग्रन्थ वेद और उपनिषद्, शास्त्र तथा पुराण हैं तथा जो यह आग्रह करती आई हैं कि वर्णाश्रम-धर्मानुसार ऊँच-नीच, जाति-कुजाति का जो भेद किया गया है, वह ठीक है। और दूसरी धारा वह है जो बुद्ध के कमंडलु से निकली है, जो शास्त्रों की इस आज्ञा को नहीं मानती कि ब्राह्मण जन्मना पूज्य और शूद्र जन्म से ही त्याज्य है, संक्षेप में, जो वैदिक और पौराणिक हिन्दुत्व को खुले खेत ललकारती आई है। एक समय इन दो धाराओं को लेकर हिन्दुत्व के भीतर इतना भयानक संघर्ष मचा था कि सारा हिन्दू-समाज प्रायः दो शिविरों में विभक्त हो गया था और बहुत-से हिन्दू ब्राह्मणों से रुष्ट होकर एक ऐसी जगह खड़े हो गए थे जहाँ वेदों का सम्मान नहीं था, जहाँ शास्त्रों की तनिक भी प्रतिष्ठा नहीं थी तथा जो हिन्दुत्व के मूल रूप से बहुत दूर थी। यदि इन लोगों को सवर्ण जातिवालों ने प्रेम से अपना लिया होता तो मुसलमानों के आगमन के बाद झुंड-के-झुंड मुसलमान नहीं हो गए होते। किन्तु कट्टर हिन्दुत्व से त्रस्त ये तथाकथित नीचजन्मा लोग इस्लाम को अपना त्राता मानकर खुशी-खुशी उसके झंडे के नीचे चले गए।

इसके बाद भारत में जो स्थिति उत्पन्न हुई, वह अत्यन्त विषम थी। ऐसे भी विद्वान हैं जो आँख मूँदकर कबीर आदि को हिन्दुत्व का शत्रु कह देते हैं। किन्तु इसका एक दूसरा भी पक्ष है। कबीर, दादू, रैदास आदि

सन्तों ने कभी यह नहीं कहा कि हिन्दुओं को अपना धर्म छोड़कर मुसलमान हो जाना चाहिए अथवा यह कि इस्लाम हिन्दुत्व से श्रेष्ठ है। इन महात्माओं की दृष्टि धर्म के बाहरी नहीं, भीतरी उपकरणों पर थीं।[1] जैसे सभी सुसज्जित व्यक्ति यह दावा नहीं कर सकते कि वे भीतर से भी सुसंस्कृत और साफ हैं, वैसे ही सभी चन्दन-कंठी धारी अथवा नमाजी लोगों के बारे में यह नहीं कहा जा सकता कि वे धार्मिक भी हैं। धर्म चरित्र में बसता है, धर्म मनुष्य के हृदय की शुद्धता को कहते हैं; धर्म बोलने नहीं, करने की वस्तु है, इस सत्य की घोषणा बुद्धदेव ने की थी, यद्यपि वे निरीश्वरवादी थे। निर्गुणधारा के सन्तों ने बुद्ध के आचारपक्ष को जोर से ग्रहण किया तथा ईश्वर की सत्ता में विश्वास करने के कारण वे सहज ही जनता की पूजा के पात्र हो गए।

---

1. अल्ला एक नूर उपजाया ताकी कैसी निन्दा?
वही नूर ते सब जग कीया कौन भला को मन्दा?

—कबीर

दया-धरम हिरदै बसै बोलैं अमरत बैन,
तेई ऊँचे जानिये जिनके नीचे नैन।

—मलूकदास

नीच-नीच सब तरि गए, सन्त-चरन-लौलीन,
जातिहि के अभिमान ते डूबे बहुत कुलीन।

—तुलसी साहेब

दोनों भाई हाथ-पग दोनों भाई कान,
दोनों भाई नैन हैं हिन्दू-मुसलमान।

—दादू दयाल

हम सब देखा सोधि कैं दूजा नाहीं आन,
सबकी एकहि आतमा क्या हिन्दू-मुसलमान।

—दादू दयाल

कहै कबीर चेत रे भोंदू!
बोलनहारा तुरुक न हिन्दू!

—कबीर

यदि हम गौतम बुद्ध को अपने समय का सर्वश्रेष्ठ हिन्दू मानते हों तो हमें यह भी मानना चाहिए कि बुद्ध से लेकर कबीर तक भारत में जो धार्मिक कोलाहल रहा, वह हिन्दुत्व के ही आत्म-मन्थन का नाद था और इस आत्म-मन्थन के फलस्वरूप धर्म का जो रूप प्रकट हुआ, वही अभिनव हिन्दुत्व है। अचरज की बात है कि आधुनिक काल में राममोहन से लेकर महात्मा गांधी तक हिन्दुत्व की जो व्याख्या हुई है, वह भी शास्त्रानुमोदित हिन्दुत्व की अपेक्षा मध्यकालीन सन्तों की कल्पना के हिन्दुत्व के ही अधिक समीप है। इस दृष्टि से देखने पर तो सन्त कवि हमारे सच्चे भविष्य-द्रष्टा थे।

[1954 ई.]

महादेवी जी की वेदना

महादेवी जी की वेदना हिन्दी में आलोचना की वस्तु बनी हुई है। सबसे पहले, शायद पं. रामचन्द्र जी शुक्ल ने यह शंका उठाई थी कि महादेवी जी अनुभूति के बल पर नहीं, अनुमान के आधार पर लिखती हैं और तब से प्रायः प्रत्येक समर्थ आलोचक को शुक्ल जी की शंका की पुष्टि का प्रमाण मिलता गया है। अधिकांश आलोचकों की राय यह है कि महादेवी जी की कविताओं में हम जो पीड़ा और अतृप्ति पाते हैं, वह इस कारण कि जगत के अशोभन और स्थूल सत्य के साथ उनके आदर्शवादी स्वभाव का पूरा सामंजस्य नहीं बैठ सका और इस संघर्ष से उनकी तबीयत को जो ठेस पहुँची, उसी ने उन्हें निराशावादी और वेदनाप्रिय बना दिया है। कुछ ऐसे लोग भी हैं जो उनकी वेदना का काममूलक निदान देते हैं। सम्भव है, ये दोनों बातें (जो, अन्ततः असल में, एक ही बात है) कुछ दूर तक ठीक हों। किन्तु इतना ही कहकर हम महादेवी जी के काव्य से छुट्टी नहीं ले सकते।

असल में, महादेवी जी की कविताएँ इससे कहीं बड़ी गहराई से उठकर ऊपर आई हैं और उनकी शाखा-प्रशाखाएँ भी अनेक हैं। अगर कवि के जीवन से उसकी कविताओं के सम्बन्ध में कोई निष्कर्ष निकालने की प्रथा गलत नहीं है तो महादेवी जी को निराशावादी और उनके काव्य को मृत्युवादी का काव्य मानना भी सत्य के प्रतिकूल जान पड़ता है। क्योंकि जिस प्रकार महादेवी जी का सारा जीवन कर्मठता और आशावाद से ओत-प्रोत रहा है, उसी प्रकार उनकी वेदना के भीतर भी स्वाभिमान की चिंगारी और शूरता की आग चमकती है। उनकी कविताओं के भीतर रहस्यवाद का भी जो रूप निखरा है, वह कबीर और मीरा के रहस्यवाद (यद्यपि शुक्ल जी की कसौटी पर मीरा रहस्यवादी नहीं उतरती हैं) से ईषत् भिन्न है और उसके भीतर हम नवीन युग का आलोक पाते हैं।

महादेवी जी की वेदना के जिस पक्ष के सामने आलोचना थकने लगती है, वह यह है कि उन्होंने वेदना को ही अपना ध्येय मान लिया है तथा विरह की आग से निकलकर शीतलता की छाया में विश्राम करने की इच्छा उन्हें नहीं होती। वेदना के प्रति इन विलक्षण रुझान को आलोचक अस्वाभाविक मानते हैं और वे सीधे इस निष्कर्ष पर जा पहुँचते हैं कि हो न हो, यह दर्द खयाली दर्द है। 'महादेवी प्यास को ही चाहती मालूम होती हैं, इसलिए अनुमान होता है कि प्यास को उन्होंने जाना ही नहीं है। घायल घाव नहीं चाहता। जो अभी घाव चाहता है, मालूम होता है, उसकी गति अभी घायल की है नहीं।' जैनेन्द्र जी की इस उक्ति में उन सभी आलोचकों के मतों का निचोड़ आ गया है जो महादेवी जी की वेदना पर विश्वास नहीं करते अथवा जिन्हें इस बात का निदान नहीं मिला है कि आदमी दर्द के घेरे और विरह की आँच से निकलकर बाहर आना क्यों नहीं चाहता।

'मुझे पीड़ा में तपने दो, मेरे विरह का अन्त मत करो तथा मेरे आँसू मत पोंछो'—ऐसे भाव भारतीय साहित्य में नहीं लिखे जाते थे। कालिदास, भारवि, भवभूति, माघ और दंडी तथा श्रीहर्ष में ऐसे भाव नहीं मिलते, न 'गीतगोविन्द' में ही ऐसा कोई गीत है जिससे यह ध्वनि निकलती हो कि गोपियाँ विरह को चिरायु बनाये रखना चाहती हैं। ऐसी भावना का जन्म पहले-पहल ईरान में, सूफी कवियों में हुआ। वहीं से यह पद्धति भारत

पहुँची और हिन्दी में भी उसकी अभिव्यक्ति पहले-पहल कबीर की कविता में मिलती है :

हँसि हँसि कन्त न पाइयाँ, जिन पाया तिन रोइ।
हाँसी खेले पिउ मिले, कौन दुहागिन होइ?
मैं अबला पिउ-पिउ करूँ, निर्गुन मेरा पीव,
सून्य सनेही राम बिन देखूँ और न जीव।

ऐसे दोहे कबीर ने दो ही नहीं, और भी कहे हैं। उनमें इस बात का स्पष्ट संकेत तो नहीं मिलता कि कबीर अपने विरह का अन्त नहीं चाहते हैं, किन्तु विरह में एक स्वाद है, दर्द में एक मजा है, यह अनुभूति उनके दोहों में बार-बार झलक मारती है :

सब रग ताँत, रबाब तन बिरह बजावै नित्त,
और न कोई सुनि सकै, कै साईं, कै चित्त।
कबिरा बादल प्रेम का हम पर बरिखा आय,
अन्तरि भींजी आत्मा, हरी भई बनराय।

संस्कृत और हिन्दी काव्य में विरह का जो वर्णन हुआ है, उसे देखकर यह भासित होता है कि विरह का अन्त हो जाए तो विरही को शान्ति मिलेगी। इसके विपरीत, कबीर के विरह-वर्णन से कहीं-कहीं यह ध्वनि भी निकलती है कि विरह की पीड़ा आनन्द की वस्तु है; वह ऐसी ही बनी रहे तो ठीक है। कबीर में यह प्रभाव सूफियों से आया और मीरा में भी यह चीज कबीर और अन्य सूफी कवियों से पहुँची होगी। सूफियों की तरह मीरा भी विरह में घुलने, तिल-तिल जलने और प्रियतम के सामने विनष्ट हो जाने में परम सुख मानती हैं :

काटि करेजो मैं धरूँ रे, कागा तू ले जाइ।
ज्याँ देसाँ मेरा पिउ बसे रे, वे देखे तू खाइ।
या तन को दिवला करौं रे, मनसा करौं बाती,
तेल भरावौं प्रेम का बारौं दिन राती।

कबीर में ही हम एक और नवीनता का आरम्भ देखते हैं। भारत निवृत्तिप्रधान देश था। यहाँ के लोग यह मानते थे कि संसार माया और हमारा जीवन स्वप्न है। साथ ही, उनका यह भी विश्वास था कि जब से आत्मा परमात्मा से वियुक्त हुई, तभी से जीव दुख में है। इस दुख से निवृत्ति का उपाय निर्वाण है, जीवन-प्रदीप को बुझा देना है, यह सिद्धान्त भी इस देश में बौद्ध-दर्शन के कारण खूब प्रचलित हुआ था। किन्तु भारत के किसी भी कवि ने कभी यह नहीं कहा था कि जीवन चूँकि ब्रह्म और जीव के बीच व्यवधान बनकर खड़ा है, अतएव हमें मर जाना चाहिए। उलटे, यहाँ के भक्त, यदि बहुत विह्वल हो उठे तब भी उन्होंने मृत्यु नहीं माँगी, वरन यह याचना की कि 'हमें मुक्ति नहीं चाहिए। हमें तो अनन्त जीवन दो कि हम दिन-रात तुम्हारा गुण गा सकें।'

देवा, तेरो भक्ति न छाड़ौं, मुक्ति न माँगौं,
तब जस सुनौं, सुनावौं।

तथा

कहा करौं बैकुंठहिं जाय?
जहँ नहिं नन्द, जहाँ न जसोदा, नहिं जहँ गोपी, ग्वाल, न गाय।
जहँ नहिं जल जमुना को निरमल और नहिं कदमन के छाय।
'परमानन्द' प्रभु चतुर ग्वालिनी, ब्रज-रज तजि मेरी जाय बलाय।

किन्तु कबीर ने पहले-पहले यह घोषणा की कि जीवन चूँकि प्रियतम से हमें दूर रखे हुए हैं, इसलिए मर जाना ही काम्य है।

जिन मरने थैं जग डरै, सो मेरो आनन्द,
कब मरिहूँ कब देखिहूँ पूरन परमानन्द।
मैं तोहि पूछौं हे सखी, जीवत क्यों न मराइ?
मूवा पीछे सत करे, जीवन क्यों न कराइ?

मृत्यु काम्य है, यह अभारतीय भाव था। कबीर में यह भाव ईरानी सूफियों की संगति से आया। इसका एक प्रमाण यह है कि कबीर से पहले

यह भाव किसी भी संस्कृत अथवा हिन्दी कवि में नहीं मिलता। दूसरा यह कि उर्दू कवियों में यह भाव बराबर अभिव्यक्ति पाता रहा है :

मर्ग इक माँदगी का वक्फ़ा है,
यानी आगे चलेंगे दम लेकर।

—मीर

क़ैदे-हयात, बन्दे-गम, अस्ल में, दोनों एक हैं।
मौत से पहले आदमी गम से नज़ात पाये क्यों?

—ग़ालिब

कहा पतंग ने यह दारे-शमअ पर चढ़कर,
अजब मज़ा है जो मर ले किसी के सर चढ़कर।

—ज़ौक़

हिज्र की जिन्दगी से मौत भली,
कि जिससे सब कहें, विसाल हुआ।

—हातिम

भारतीय दर्शन की शिक्षा यह है कि जब तक कर्म-संस्कार शेष हैं तब तक मुक्ति नहीं मिल सकती। इसलिए इस दर्शन का जोर मुक्ति पर कम, कर्म पर अधिक है, क्योंकि कर्म-संस्कार के निःशेष होने पर मनुष्य इसी जीवन में मुक्त हो जाता है। फिर वह मृत्यु की कामना क्यों करे? किन्तु सूफियों का दर्शन यह था कि जीव ब्रह्म से बिछुड़ा हुआ है एवं ब्रह्म-मिलन का सुख वह मरने के बाद ही पा सकता है। इस विश्वास से एक दूसरा सिद्धान्त यह निकल पड़ा कि तब शीघ्र-से-शीघ्र मरकर ब्रह्म को प्राप्त करना चाहिए। काव्य में सूफियों के इस विश्वास के दो परिणाम दिखाई दिये। पहला यह कि चूँकि जीव विरह की स्थिति में है, इसलिए दिर-रात रोना-तड़पना उसके लिए स्वाभाविक है। दूसरा यह कि विरही के लिए मृत्यु त्याज्य नहीं, काम्य है।

मृत्यु को काम्य एवं मोहक बनाने की भावना इस देश में सूफियों के प्रभाव से फैली। हिन्दी में पहले वह कबीर में प्रकट हुई और तब मीरा में।

कबीर और मीरा, दोनों ही रहस्यवादी थे। घनानन्द के दो-एक पद रहस्यवादी संकेतों से युक्त हैं, किन्तु बोधा में ऐसे संकेत नहीं मिलते। फिर भी, ये दोनों कवि रोने और तड़पने में सूफियों से कम नहीं हैं। सूफियों की तड़प और बेचैनी उर्दू कविताओं में अधिक चली। हिन्दी में वह कबीर, मीरा, घनानन्द और बोधा में झलक मारती रही। हाँ, छायावाद-काल में आकर यह बेचैनी हिन्दी में भी अपने उभार पर आ गई।

सूफियों की जिस परम्परा से हिन्दी कवि प्रभावित हुए, उसका कुछ असर हम रवीन्द्रनाथ में भी देखते हैं। 'मरिते चाइना आमि सुन्दर भुवने', यह कहकर रवीन्द्रनाथ ने जीवन के प्रति आस्था प्रकट की है। किन्तु उन पर जवानी की भावुकता सवार थी, तब उन्हें भी मृत्यु मोहक दिखाई पड़ी थी। रवीन्द्रनाथ की राधा कहती है :

मरण रे, तुहुँ मम श्याम समान।
मेघ वरण तुझ, मेघ जटाजुट,
रक्तकमल कर, रक्त-अधर-पुट,
तापविमोचन करुण कोर तव
मृत्यु अमृत करे दान।

रवि बाबू की 'खेया' में भी एक कविता है जिससे मृत्यु के प्रति उनका उत्कट अनुराग प्रकट होता है, यद्यपि मृत्यु के रूप में भगवान ही आते हैं, इस आरोप के कारण, यह मृत्यु-प्रेम सार्थक हो गया है। फिर भी इसका सम्बन्ध सूफियों के मृत्यु-प्रेम से आसानी से बिठाया जा सकता है :

आँधारे मुख ढाकिले स्वामी,
तोमारे तबू चिनिबो आमी।
मरण रूपे आसिले प्रभु,
चरण धरि मरिबो हे!

रवीन्द्रनाथ पर यह प्रभाव सूफी कविताओं से पड़ा होगा। ब्रह्मसमाज में सूफी कविताओं का काफी चलन था। राजा राममोहन राय और देवेन्द्रनाथ ठाकुर (रवीन्द्रनाथ के पिता) पर रूमी, हाफिज आदि फारसी कवियों का

पूरा प्रभाव था। ये लोग पूजा-स्नान के समय मन्त्रों के साथ फारसी गजलें भी गाया करते थे।

जब हिन्दी में छायावादी आन्दोलन पहुँचा तब यह मृत्यु-प्रेम आधुनिक हिन्दी कविता में भी व्यक्त होने लगा, किन्तु इस भाव की स्पष्ट अभिव्यक्ति हिन्दी में केवल महादेवी जी ने की है। 'मृत्य काम्य है, मृत्यु विकास है', यह भाव उनकी पंक्तियों में बार-बार आता है :

इस असीम तम में मिलकर मुझको पलभर सो जाने दो,
बुझ जाने दो देव! आज मेरा दीपक बुझ जाने दो।

[नीहार]

विसर्जन ही है कर्णाधार, वही पहुँचा देगा उस पार।

[आधुनिक कवि]

अमरता है जीवन का हास, मृत्यु जीवन का चरम विकास,
सृष्टि का है यह अमिट विधान, एक मिटने में सौ वरदान।

[आधुनिक कवि]

रहने दो हे देव! अरे, यह मेरा मिटने का अधिकार।

[आधुनिक कवि]

जहाँ तक महादेवी जी के मृत्यु-प्रेम का सम्बन्ध है, मुझे इसमें कोई सन्देह नहीं कि उसका बीज सूफी काव्य में था। इसी प्रकार, मेरा यह भी विचार है कि महादेवी जी में वेदना का जो आधिक्य दिखाई देता है, वह भी उसी धारा का चरम विकास है जो कबीर, मीरा, रसखान, घनानन्द और बोधा होकर छायावाद-युग तक पहुँची थी, यद्यपि छायावाद-काल तक आते-आते शेली, कीट्स, रवीन्द्रनाथ और उर्दू के अनेक कवियों की वेदना मूलक अनुभूतियाँ भी उस धारा में मिल गईं।

छायावाद-काल में जो क्रन्दनवाद की लहर उठी, उसका एक कारण तो यह था कि साहित्य में जब भी रोमांटिक आन्दोलन आता है तब उसके साथ भावुकता की घटा जरूर आती है और भावुकता की चरम परिणति अश्रु और विलाप में होती है। रोमांटिक कवि शेली ने 'करुण-से-करुण भावों को मधुर-से-मधुर गीत कहा था' और भवभूति का कहना है कि रस,

वास्तव में, एक ही है और वह करुण रस है। निमित्त-भेद से उसी रस से अन्य सभी रस उत्पन्न होते हैं। छायावाद-काल में, प्रायः सभी आलोचक इन दो कवियों का उद्धरण देते थे। स्पष्ट ही, उनका उद्देश्य साहित्य में आँसू की परम्परा को सिद्ध करना था। किन्तु विचारणीय विषय तो यह है कि यह भावधारा हिन्दी में कहाँ पर पोषित हो रही थी और क्यों वह छायावाद-काल में ही आकर प्रकट हुई?

साहित्य को सतही दृष्टि से देखनेवाले लोग यह कह देते हैं कि यह प्रथम विश्वयुद्ध से जन्मी हुई निराशा का परिणाम था अथवा यह कि असहयोग-आन्दोलन के विफल हो जाने से देश में जो निराशा उत्पन्न हुई, उसकी अभिव्यक्ति छायावाद के रुदन-पक्ष में हुई। ये दोनों मत इसलिए खंडित हो जाते हैं कि विश्वयुद्ध से जन्मी हुई निराशा का ज्ञान भारत को तत्क्षण नहीं, प्रत्युत् बहुत बाद को हुआ और वह भी मुख्यतः इलियट की कविताओं के द्वारा। जहाँ तक असहयोग-आन्दोलन का सम्बन्ध है, उसकी विफलता से देश में पस्ती नहीं आई थी। और अगर आई भी थी तो उसकी अभिव्यक्ति नवीन जी की उस कविता में हुई जिसकी पहली पंक्ति थी, 'विजय पताका झुकी हुई है, लक्ष्य-भ्रष्ट यह तीर हुआ'। इस काल की बाकी राष्ट्रीय कविताओं में उमंग ही उमंग है, उनमें पस्ती या शिथिलता के भाव नहीं हैं।

असल में, छायावादकालीन वेदना-प्रियता एक तो रोमांटिक मुद्रा का परिणाम थी; दूसरे, उसके मूल में, बहुत दूर पर, सूफियों की वेदना-प्रियता काम कर रही थी जिसका परिमार्जन, हिन्दी के ढंग पर, पहले कबीर और मीरा ने तथा बाद को घनानन्द और बोधा ने किया था। बोधा और घनानन्द छायावाद के समीपवर्ती पूर्वपुरुष हुए हैं। सूफियों की वेदना-विवृति का प्रभाव हिन्दी पर भी पड़ा और उर्दू पर भी। हिन्दी में यह प्रभाव कबीर, मीरा, घनानन्द और बोधा में पोषित हुआ और उर्दू की सम्पूर्ण सरणी में ही। घनानन्द के समकालीन मीर वगैरह रहे होंगे। कितने संयोग की बात है कि जब मीर यह लिख रहे थे कि :

वसीयत मीर ने मुझको यही की,
कि सब कुछ होना तो, आशिक न होना।

तब घनानन्द के मुख से यह पंक्ति निकल रही थी :

देह दहै, न रहै सुधि गेह की
भूलिहूँ नेह को नाम न लीजै।

और उन्हीं दिनों बोधा यह कहकर तड़प रहे थे कि :

यह प्रेम को पन्थ कराल महा,
तरवारि की धार पै धावनो है।

हम कौन सों पीर कहें अपनी,
दिलदार तो कोऊ दिखा तो नहीं।

तथा

सहते ही बनै, कहते न बनै,
मन ही मन पीर पिरैबो करै।

इसी प्रकार, जब घनानन्द यह कह रहे थे कि मेरे कवित्त कवि-कौशल के परिणाम नहीं, वरन मेरे हृदय की पुकार हैं :

लोग हैं लागि कबित्त बनावत,
मोहि तो मेरे कबित्त बनावत।

तब मीर साहब भी, मानो इसी अनुभूति की चोट खाकर लिख रहे थे :

मुझको शायर न कहो 'मीर' कि साहब मैंने
दर्दोग़म कितने किये जमा तो दीवान किया।

सूफी अनुभूति से बोधा, घनानन्द और मीर की ये अनुभूतियाँ बहुत दूर पड़ती हैं, किन्तु कविता में यह नई अदा सूफियों की वेदना-प्रियता से निकली है, यह माने बिना नहीं चल सकता।

छायावादी कवियों की वेदना-प्रियता और कुछ उर्दू कवियों की रुदनशीलता में यत्किंचित साम्य है और इसका कारण यह है कि दोनों

भाषाओं में यह प्रेरणा सूफी परम्परा से आई है। शब्द अलग हैं, भाव अलग हैं, अनुभूतियाँ भी अलग-अलग हैं, किन्तु जमीन दोनों की एक-सी दिखाई देती है। यथा :

चिर ध्येय यही जलने का, ठंडी विभूति बन जाना,
है पीड़ा की सीमा यह, दुख का चिर सुख हो जाना।

—महादेवी

इशरते-कतरा है दरिया में फना हो जाना,
दर्द का हद से गुज़रना है दवा हो जाना।

—ग़ालिब

जो घनीभूत पीड़ा था मस्तक में स्मृति बन छाई,
दुर्दिन में आँसू बनकर वह आज बरसने आई।

—प्रसाद

पीड़ा मेरे मानस में भींगे पट-सी लिपटी है,
डूबी-सी ये निःश्वासें ओठों में आ सिमटी हैं।

—महादेवी

उमड़ी आती हैं आज यूँ आँखें,
जैसे दरिया कहीं उबलते हैं।

—मीर

बेकसी मुद्दत तलक बरसा की अपनी गोर पर,
जो हमारी ख़ाक पर से हो के गुजरा, रो गया।

—मीर

मुत्तसिल रोते ही रहिए तो बुझे आतिशे-दिल
एक-दो आँसू तो और आग लगा देते हैं।

—मीर

उर्दू कवियों के जो रोने-रुलानेवाले शेर हैं, उनमें से कुछ तो इसलिए लिखे गए होंगे कि कवियों को अर्थाभाव रहा होगा अथवा प्रेम से उन्हें निराशा हुई होगी। किन्तु बहुत-से ऐसे भी हैं जो दर्द की बेचैनी दिखाने को लिखे गए हैं। सूफियों ने वेदना का अनुभव ब्रह्म से कल्पित विरह के कारण

किया था। पीछे चलकर वेदना कला की वस्तु बन गई और कविगण उसका चित्रण इसलिए करने लगे कि इससे उनकी भावुकता को सन्तोष होता था। कला के लिए कला के समान, वेदना को भी वेदना के लिए पूजने की प्रथा हिन्दी और उर्दू कविताओं में सूफी परम्परा से बढ़ी है।

ऊपर जो कुछ कहा गया है, उससे यह निष्कर्ष निकाला जा सकता है कि कबीर और मीरा के संकेत अथवा उर्दू कवियों की वेदना-प्रियता के आधार पर ही महादेवी जी ने वेदना को अपना लिया। सच तो यह है कि महादेवी जी में हम वेदना का जो रूप देखते हैं, वह छायावादकालीन पीड़ावाद का परिपाक है। छायावाद अपने पूर्व के इतिवृत्तात्मक काव्य के विरुद्ध विद्रोह करता आया था तथा वह उपदेश और उपयोग से बहुत दूर जाकर एक ऐसा संसार बसा रहा था जिसकी जमीन और आसमान, दोनों ही कल्पना से बने थे, जिसके सरोवर में हंस का वही रूप दिखाई देता था जो तैरनेवाले असली हंस के नीचे-नीचे चला करता है और जिसमें फूलों के भी वे ही रूप प्रधान थे जो दर्पण में दिखलाई पड़ते हैं। बाँसुरी की वह तान जो कहीं दूर से सुनाई देती हो, गन्ध की वह झकोर जो तलहटियों के पार से आती हो तथा प्रेम की वह पुकार जो सनातन विरह के हृदय से फूट रही हो, ऐसी ही अनुभूतियाँ छायावाद की पूँजी थीं। इन्हीं अनुभूतियों के भंडार में से महादेवी जी ने अपने योग्य उपकरणों का चुनाव किया; अथवा चुनाव क्यों कहें? कवि विषयों का चुनाव नहीं करता। वे उसके संस्कार में से आप-से-आप निकल आते हैं। महादेवी जी ने जो हृदय पाया, वह विरही का हृदय था। उनकी रुझान रुदनशीलता पर थी और जब वे साहित्य में पहुँचीं तब तक क्रन्दन का स्वर छायावाद का सबसे प्रधान स्वर बन चुका था।

जो कुछ भी जीवन से दूर है, जो कुछ भी मनुष्य को सूक्ष्मता में लीन करनेवाला है, जो कुछ भी कोमल है, जो कुछ भी पतला और महीन है, उसी को लेकर महादेवी जी ने काव्य-क्षेत्र में प्रवेश किया और इन सारे वायवीय उपकरणों को लेकर उन्होंने उस आराध्य की उपासना आरम्भ की जो स्वयं वायवीय और अदृश्य है। कोई आश्चर्य नहीं कि उनकी भावना का आकार आसानी से हमारी पकड़ में नहीं आ पाता है; कोई आश्चर्य

नहीं कि उनकी वेदना को मुट्ठी में बन्द करके उसकी गर्मी को पहचाननेवाले लोग निराश हो जाते हैं। मीरा के समय जन्म लेने पर महादेवी की भावना भी मीरा की तरह ही साकार हो सकती थी और तब, शायद, महादेवी की कराह में भी वही बेधकता होती जो मीरा की कराहों में है। किन्तु मीरा से महादेवी तक की दूरी बहुत बड़ी है। मनुष्य का ज्यों-ज्यों बौद्धिक विकास होता गया है, त्यों-त्यों उसकी भावनाएँ सूक्ष्म होती गई हैं। और ये सूक्ष्म भावनाएँ अपनी अभिव्यक्ति के लिए कला में भी सूक्ष्मता और नवीनता उत्पन्न करती हैं। आज का कलाकार पहले से अधिक सावधान है। वह भावना की तीव्रता से अधिक कला की पूर्णता को महत्त्व देता है। इसीलिए वह पहले से आज अधिक सावधान रहता है कि कहीं उसकी भाषा के किनारे टूट न जाएँ। आज वह समय नहीं जब 'भाषा के किनारों का टूटना' कोई गौरव की बात समझी जाए। भाषा के किनारों का टूटना मीरा और कबीर में भी दोष ही है।

विषय का चुनाव कवि शिक्षा-दीक्षा और संस्कार के कारण करता है, अतएव महादेवी जी ने अदृश्य और अज्ञात को अपना प्रियतम क्यों चुना, इसका निदान उनके संस्कार में ही ढूँढ़ना चाहिए। 'क्रोचे' की कोई बात अगर मुझे अकाट्य दीखती है तो वह यह है कि कला में विषयों का चुनाव नहीं होता। जिस तरह, प्रत्येक कविता लिखने के समय कवि किसी अनिर्वचनीय प्रेरणा के अधीन होता है, उसी प्रकार उसके समस्त जीवन-व्यापी भाव अथवा सन्देश पूर्व से ही निश्चित रहते हैं और उन्हें छोड़कर वह अन्यत्र नहीं जा सकता। अतएव जो लोग यह समझते हैं कि महादेवी जी ने केवल खयाली पुलाव पकाने के लिए नकली तौर पर अदृश्य और अज्ञात को अपने काव्य का आलम्बन बनाया, वे साहित्य के इस सिद्धान्त के विरुद्ध बोलते हैं कि सत्कवि विषयों की खोज नहीं करते, विषय ही उनकी तलाश में रहते हैं। प्रत्येक युग अपनी भावना की अभिव्यक्ति के लिए विशिष्ट प्रकार के कवि की प्रतीक्षा किया करता है। छायावाद ने एक तो सर्ववादी दृष्टिकोण का व्यापक प्रचार करके उस कवि के अवतार को अवश्यम्भावी बना दिया था जो अव्यक्त और व्यक्त के बीच की शून्यता में उच्छ्‌वासों का सेतु बनाये। दूसरे, उसने रुदनशीलता के

प्रति जो अनोखी रुझान दिखलाई, वह भी व्यर्थ जानेवाली न थी। उसके चलते एक ऐसे कवि की आवश्यकता आन पड़ी थी जो अश्रु की सम्भावनाओं का चरम विकास करे, जो रुदनशीलता को अध्यात्म के धरातल पर प्रतिष्ठित करे। मगर इन दोनों आवश्यकताओं की पूर्ति महादेवी जी ने ही क्यों की, इसका सही उत्तर यह नहीं है कि रोने का उन्हें शौक हुआ, बल्कि यह कि इस काम के लिए उन्हें जिन्दगी ने ही तैयार किया था। संस्कारों ने उन्हें जिस दिशा की ओर प्रेरित किया, वह दिशा अध्यात्म की थी तथा घटनाओं और परिस्थितियों ने उन्हें जो अनुभव दिये, वे करुणा के महत्त्व के परिचायक थे।

छायावाद ने महादेवी के आगमन के पूर्व साहित्य में जिस वेदना को प्रतिष्ठित किया था, वही महादेवी जी की वेदना की पृष्ठभूमि बन गई और मेरा निष्कर्ष है कि इसी कारण महादेवी जी में हम जो वेदना देखते हैं, वह सन्त की कम, कलाकार की अधिक है। यह कोई आश्चर्य की बात नहीं है; क्योंकि आज की दुनिया में, प्रायः, सभी रहस्यवादी सन्त कम, कलाकार अधिक हैं। सन्तों की परम्परा रूपान्तरित हो गई है। हठयोग और यतीवृत्ति की महत्ता के समाप्त हो जाने के कारण, अध्यात्म का सबसे अच्छा आश्रय आज कला ही रह गई है। यह कोई आकस्मिक बात नहीं है कि श्री अरविन्द ने अपनी अनुभूतियों का निचोड़ 'सावित्री' काव्य में रखा और मनुष्य के समस्त आध्यात्मिक अभियान का रोर आज केवल साहित्य में शेष है।

लेकिन सन्त और कलाकार में से किसकी वेदना असली और किसकी अनुमानजनित होती है, इस प्रश्न का समाधान सरलतापूर्वक नहीं किया जा सकता। यह विश्लेषण घुमा-फिराकर हमें इस उलझन में डाल देगा कि रहस्यवादी काव्य मात्र सच्चा होता है या नहीं। एक ओर तो हम रूमी और कबीर के सामने श्रद्धा से मस्तक झुकाते हैं; दूसरी ओर, हमारी श्रद्धा के बहुत-से ऐसे उम्मीदवार भी खड़े हैं जिन्होंने रहस्य काव्य के सारे उपकरण एकत्र कर लिये हैं और उनके चारों ओर एक नई अदा से भाँवरी भर रहे हैं। इस युग की अधिकांश दलीलें रहस्यवाद के खिलाफ पड़ी हैं। फ्रायड ने रहस्यवादियों को बौद्धिक विक्षिप्त (इनटेलेक्चुअल क्रिटिन) कहा है। एक

अन्य चिन्तक की राय में रहस्यवाद यौन-भावनाओं की कुंठा का परिणाम और एक प्रकार का पवित्र उन्माद है। किन्तु हक्सले के समान कुछ लोग यह भी स्वीकार करते हैं कि रहस्यवाद के द्वारा मनुष्य उन तत्त्वों का आभास पाता है, जो सामान्यतः, उसे दिखाई नहीं देते, अतएव जिस दुनिया में रहस्यवादी नहीं होते, उसे अन्धी और पगली समझना चाहिए। और कोलाहल के होते हुए भी रहस्यवादियों की परम्परा कायम है तथा इस बौद्धिक युग के महाकवि भी, किसी-न-किसी अंश तक, रहस्य की ओर संकेत कर रहे हैं। रहस्यवाद, शायद, लिरिक कविता का सबसे विकसित रूप है और जब तक व्यक्ति अपने भीतर फैलने की उमंग रखता है तब तक वह गोचर और दृश्य की सीमा के परे झाँकने की कोशिश करता ही जाएगा।

लेकिन, मुख्य प्रश्न यह है कि हम असली और नकली रहस्यवाद का भेद कैसे समझ सकते हैं? अभिनेता भी बहुतों को दुष्यन्त दिखाई पड़ने लगता है, यह ठीक है, मगर दोनों दो व्यक्ति हैं, यह भी सब लोग जानते हैं। इस झंझट से निकलने का एक ही रास्ता है कि हम रहस्य कविता की जाँच भी उसी कसौटी पर करें जिस पर अन्य प्रकार की कविताएँ कसी जाती हैं। वह कसौटी यह है कि कवि में अभिव्यक्ति की खुजलाहट है या नहीं तथा जिस मनःस्थिति का वह वर्णन कर रहा है, वह ठीक-ठीक शब्दों में उतरती है या नहीं। कला भी अनुकरण के कर्म में खूब पटु होती है, लेकिन मात्र अनुकरण तो लकड़ियों को एकत्र करने के समान निर्जीव कार्य है। आग तो तभी जलती है जब कलाकार के हृदय में हलचल और व्यग्रता हो।

अभिव्यक्ति की सचाई की जाँच करने के लिए जितने भी प्रश्न पूछे जा सकते हैं, मेरा खयाल है, महादेवी जी की कविताओं में से उनके अनुकूल उत्तर निकलते हैं। उनकी कविताओं में जो स्वाभाविक प्रवाह है, वह इस बात का प्रमाण है कि ये कविताएँ प्रेरणा से आती हैं, वे मात्र कवि-कौशल का प्रमाण नहीं हैं। उनकी पंक्तियाँ जिस सहजता से हमारे कंठ में बस जाती हैं, उससे मालूम होता है कि महादेवी जी जिस मनोदशा में घुल रही हैं, वह मनोदशा कभी-कभी हमारी भी होती है। जैसा ऊपर कहा गया है,

रहस्य-कविता लिरिक का चरम विकास होती है और उसके भीतर बसनेवाली वैयक्तिकता, प्रायः, सबकी वैयक्तिकता से एकाकर रहती है। महादेवी जी छायावादियों के बीच सबसे अधिक वैयक्तिक रही हैं, किन्तु उनकी वैयक्तिक अनुभूतियों का साधारणीकरण कुछ इतनी दूर तक हुआ है कि उनकी अनेक पंक्तियाँ रसिकों की जिह्वा पर चढ़ जाती हैं।

'रसवन्ती' की एक कविता में निम्नलिखित पंक्ति आई है :

जलकर चीख उठा, वह कवि था, साधक जो नीरव तपने में।

साधक और कलाकार में यही भेद है। कवि और योगी की मनोदशा एक होती है, किन्तु योगी जिस सत्य को पाकर वहीं बैठ जाता है, कवि उसका संवाद अपने समय और उसके माध्यम से सम्पूर्ण काल को सुनाता है। आग को जिसने पचा डाला, वह साधक है; जिसने उसके ताप की कथा आरम्भ की, वह कवि हो गया। महादेवी जी साधिका नहीं, कवयित्री और कलाकार हैं। अतएव दर्द को पीकर चुप रहना वे कबूल नहीं कर सकतीं। अभिव्यक्ति की बेचैनी, सम्प्रेषणीयता की उमंग और कला में मिलनेवाला आनन्द उन्हें बार-बार बोलने को लाचार करता है। और मीरा तथा कबीर को भी मैं इससे बहुत भिन्न कोटि का नहीं मानता, यद्यपि यह प्रत्यक्ष है कि इन कवियों का आनन्द केवल कला से मिलनेवाला आनन्द नहीं था, बल्कि वे उस आनन्द को भी पाना चाहते थे, जो साधकों और सन्तों का आनन्द है।

(1952 ई.)

साहित्य का नूतन ध्येय

स्वतन्त्रता-प्राप्ति के पूर्व भारत के सामने जो ध्येय था, वह स्वतन्त्रता-प्राप्ति के साथ समाप्त हो गया। उसके बाद भारत को जिधर जाना है, वह रास्ता जनता और साहित्यकार को दिखाई नहीं दे रहा है और जिन्हें इस रास्ते का ज्ञान है, उनका स्वर अनेक कारणों से अभी मन्द है। परिणाम यह हुआ है कि आदर्श के धरातल पर हम 'न ययौ न तस्थौ' की स्थिति में ग्रस्त हो गए हैं। जिस ओर को हमें चलना चाहिए, उधर हमारे कदम नहीं उठते और जिस राह पर हम चल रहे हैं, वह हमें पसन्द नहीं है। संशय का महाजाल सारे देश के मन पर छाया हुआ है। द्विधा के मारे हमारा व्यक्तित्व विभक्त हो गया है। जनता जिन्हें गाली देती है, उन्हें ही अपना वोट भी देती है और साहित्य के भीतर जो विद्रोह के स्वर पहुँचते हैं, उन्हें साहित्य दबाकर पीता जा रहा है। यह संशय की विषम स्थिति है और कहावत प्रसिद्ध है, 'संशयात्मा विनश्यति'।

किन्तु देश को संशय के इस कुहासे से कौन निकालेगा? कौन है जो इस मिहिका को भेदकर नये आदर्श के दर्शन सारे देश को करा सके? जातियों के आदर्शों की रचना सन्त और कलाकार करते हैं। राजनीति उन आदर्शों को मूर्तिमान करने का यन्त्र मात्र है, वह आदर्शों की रचना नहीं कर सकती। जहाँ भी आदर्श-रचना का कार्य राजनीति के हवाले किया जाता है, वह देश ऊँचा नहीं उठता। उसके लोग मात्र उपयोगी के उपासक बन जाते हैं और उपयोगिता की दृष्टि से वे अपने कदम बराबर बदलते रहते हैं। कर्म का महत्त्व तो है ही, किन्तु उसके साथ-साथ अथवा उससे पूर्व चिन्तन का बड़ा भारी महत्त्व है। जातियाँ जैसे दर्शन में विश्वास करती हैं, उनका साहित्य ही नहीं, बल्कि उनके सारे कर्तव्य वैसे ही हो जाते हैं। और जब दर्शन साफ तथा आदर्श सुस्पष्ट होते हैं तब जातियों की प्रगति बहुत तेज हो जाती है। इसके विपरीत, जब जाति के सम्मुख कई प्रकार के दर्शन और लक्ष्य उतराते होते हैं और वह उनमें से किसी एक को कसकर नहीं पकड़ पाती, तब उसके पाँव डगमग होने लगते हैं और उसकी प्रगति बहुत ही मद्धिम हो जाती है, मानो आग केवल धुआँ दे रही हो! पहली स्थापना का उदाहरण स्वाधीनता के ठीक पूर्व का भारतवर्ष था और दूसरी स्थापना का उदाहरण वह देश है जिसमें हम आज जी रहे हैं। अतएव यह आवश्यक है कि हम उस लक्ष्य को पहचानें जिसकी ओर चलने को नवीन भारत का जन्म हुआ है, हम उस आदर्श को सुस्पष्ट करें जिसे इतिहास ने हमारे लिए पहले से ही निश्चित कर रखा है।

पहले से ही निश्चित आदर्श! हाँ, भारत को जिस आदर्श के लिए संघर्ष करना है, उसकी रचना आज के लेखकों और कवियों, सन्तों और नेताओं की इन्तजारी में रुकी हुई नहीं है। वह आदर्श हमसे बहुत पहले निर्धारित हो चुका है; उसकी मूर्ति गांधी जी से भी पूर्व, राममोहन और विवेकानन्द गढ़ चुके थे। गांधी जी ने उस मूर्ति में केवल प्राणप्रतिष्ठा की; अरविन्द ने उसके भीतर अतिमानसी मानस का संचार किया; रवीन्द्र ने उसकी कविता लिखी और राधाकृष्णन् उसका सन्देश सारे देश में फैला रहे हैं।

किन्तु जिस आदर्श की सुरभि सारे विश्व में फैल रही है, उसका सबसे कम ज्ञान यदि किसी को है तो उस मृग को, जिसके नाभिकुंड में इस सौरभ

का उत्स बसता है। जिस सुधा-शिखा की ओर सारा संसार उत्सुकता से देख रहा है, उसका सबसे कम परिचय किसी को है तो उस दीपक को जिसका मस्तक फोड़कर यह शिखा बाहर आई है। यूरोप में भारत का प्रचार करने की अपेक्षा यह कहीं आवश्यक कार्य है कि हम भारतवासियों का भारत का मर्म समझाएँ। भारतवासी अपने-आपको नहीं पहचानते। कितने आश्चर्य की बात है कि जब पश्चिमी जगत के लोग यह सोचने लगे हों कि मानवता की जिस समस्या का समाधान यूरोप में नहीं मिला, उसका हल, शायद, भारत में मिल सकता है, तब भारतवासी यूरोप का अन्धानुकरण करने को आतुर हो उठें! यूरोप बनने की कोशिश बहुत ठीक है, क्योंकि यूरोप सभ्यता के शिखर पर पहुँचा हुआ है। यूरोप में वैज्ञानिकता है, सुसमृद्धि है, जीवन की उद्‌दामता और स्वास्थ्य का अप्रतिम तेज है। उसकी कविता भी उच्छल और विचार बड़े बलवान हैं। यूरोप का अनुकरण तो हमें करना ही चाहिए। किन्तु हम उस यूरोप का अनुकरण करेंगे जो सन् 1856 ई. का यूरोप है, उस यूरोप का नहीं जो उन्नीसवीं सदी का यूरोप था, बल्कि उस यूरोप का भी नहीं जो रूसी प्रयोग के कारण आरम्भिक दिनों का यूरोप था। यह मैं इसलिए कहता हूँ कि आज के यूरोप को ग्रहण करने से हम उसका विज्ञान ही नहीं, बल्कि विज्ञान के विरुद्ध उठनेवाली शंकाएँ भी लेंगे। आज के यूरोप को ग्रहण करने में हम उसकी आधिभौतिक समृद्धियाँ ही नहीं, प्रत्युत यह निराशा भी लेंगे कि भौतिक समृद्धियों से मनुष्य को पूरा सन्तोष नहीं मिलता। एक और तृषा है जो मनुष्य के समृद्ध हो जाने पर भी अतृप्त रह जाती है। भूखे मनुष्य के सामने रोटी के बदले दर्शन और कविता परोसना निर्दयता का कार्य है, किन्तु यह भी सत्य है कि रोटी खा लेने के बाद मनुष्य कला और विचार खोजता है, मिट्टी से छूटकर वायु में विचरण करना चाहता है। रूस में जब साम्यवादी प्रयोग आरम्भ हुए थे, तब समस्त विश्व के चिन्तकों को यह आशा हो चली थी कि मनुष्य की सारी समस्याओं का समाधान, शायद मिल गया। किन्तु प्रयोग ज्यों-ज्यों आगे बढ़े, चिन्तकों की आशा दिनोंदिन क्षीण होती गई और आज तो यह स्थिति आ गई है कि विश्व-चिन्तन साम्यवादी प्रयोगों की असफलता पर अपना मस्तक धुन रहा है। रोटी

मिली, यह बहुत अच्छी बात हुई, किन्तु मन बँध गया, यह मानवता के लिए बुरा हुआ। शिक्षा तो रूसी प्रयोग से भी लेनी है और रूस ने मानवता के रथ को जो अप्रतिम प्रगति दी है, उस प्रगति से भी हमें पूरा लाभ उठाना है, किन्तु इतना ही यथेष्ट नहीं है। अपने प्रयोगों में हमें उस निराशा का भी समाधान खोजना है जो रूस के प्रयोग के विरुद्ध उत्पन्न हुई है। हम समस्त विश्व के साथ वहाँ खड़ा होना चाहते हैं–जहाँ वह आज है, वहाँ नहीं, जहाँ वह कल था।

और यूरोप से हम केवल लेना ही नहीं चाहते, बदले में उसे कुछ देना भी चाहते हैं। किन्तु, यूरोप को हम क्या दे सकते हैं? मोटर, महल, जहाज और हथियार–ये हमारे पास नहीं हैं और हम चाहें भी तो ये चीजें यूरोप को देने की स्थिति में हम कभी नहीं आएँगे, न यूरोप को ये वस्तुएँ हमसे लेने की कभी आवश्यकता होगी। किन्तु, फिर भी, एक चीज है जो हमारे पास है और उसकी आवश्यकता यूरोप को महसूस भी हो रही है। वह चीज है व्यक्तियों और वस्तुओं को देखने की वह दृष्टि जिसे आध्यात्मिक कहते हैं। यूरोप और अमेरिका में आध्यात्मिकता नहीं है, यह कहना गलत होगा। थुरो, एमर्सन, रस्किन, इलियट, रोम्याँ रोलाँ और टॉल्स्टॉय एशिया में नहीं जनमे थे। किन्तु जहाँ वे जन्मे, वहाँ का जीवन उन्हें अपने भीतर पचा नहीं सका। पश्चिम के पास दर्शन है, पर जीवन-दर्शन नहीं है। वहाँ दर्शन के आचार्य होते हैं, दार्शनिक नहीं होते। यूरोप और अमेरिका में जितनी फिलॉसफी लिखी गई है, उतनी तो समग्र एशिया में भी तैयार नहीं हुई थी। फिर भी, यह फिलॉसफी दिमाग में अटकी हुई है। वास्तविक जीवन में पश्चिम वालों को जब दर्शन की आवश्यकता होती है तब उनका कोई भी दर्शन उनके काम नहीं आता और केवल उपयोग को सामने रखकर परिस्थितियाँ उन्हें जिधर को ढकेल देती हैं, उधर को वे चले जाते हैं। इसलिए लगता है, थुरो, एमर्सन, इलियट और टॉल्स्टॉय पश्चिमी जगत् में अपवाद जैसे उत्पन्न हुए। वे अमेरिकी और यूरोपीय होते हुए भी सोलह आने भारतीय लगते हैं। क्यों भारतीय लगते हैं, इस वायवीय समता को पकड़कर उसे साहित्य और कला के द्वारा साकार और सप्राण करना होगा। पूर्व और पश्चिम का भेद, कदाचित निराधार है, एशिया और भारतवर्ष की

जो विशेषता रही है, वह यूरोप और अमेरिका में भी झलक मारती है तथा यूरोप और अमेरिका में जो आधिभौतिकवाद है, वह थोड़ा बहुत एशिया में भी रहा है, यद्यपि यूरोप की देखा-देखी अब वह बहुत बढ़ रहा है। सच्चा भेद पूर्व और पश्चिम का नहीं, सूक्ष्म और स्थूल मनुष्य का है, आधिभौतिक और आध्यात्मिक मानव का है, चिन्तनशील (रिफ्लेक्टिव) और कार्यकारी (एक्जेक्यूटिव) व्यक्तित्व का है। एशिया और यूरोप दोनों दुखी हैं, दोनों विषण्ण हैं। यह ठीक है कि यूरोप का स्थूल मनुष्य समृद्धियों की गोद में बड़े ही उत्साह से जी रहा है, किन्तु वहाँ जो सूक्ष्म मनुष्य है, वह उतने उत्साह में नहीं है। वह स्थूल मनुष्य के भीतर सूक्ष्मता जगाना चाहता है, किन्तु अत्यन्त अल्पमत में होने के कारण उसकी बात लोग ठीक से नहीं सुन पाते। उचित है कि सूक्ष्म मानवता के भारतीय और एशियाई उपासक अपनी आवाजों को तेज करें जिससे यूरोप और अमेरिका में उनके सहधर्मियों को बल पहुँचे तथा सूक्ष्म और स्थूल मनुष्य के बीच जो द्वन्द्व चल रहा है, उसमें सूक्ष्मता का पक्ष दबा न रह जाए।

और एशिया का कष्ट उसके शरीर का कष्ट है, यद्यपि शरीर से रोगी मनुष्य का मानसिक स्वास्थ्य भी नष्ट हो जाता है। वह विनाश एशिया में भी हुआ है। उसका सबसे भयानक प्रमाण यह है कि अपनी दुर्बलता और दारिद्र्य से हम इतने घबरा गए हैं कि हमारे पास जो आध्यात्मिक सत्य है, जो बपौती पूँजी है, उसे भी हम बेकार समझने लगे हैं। एशिया और यूरोप, दोनों अपूर्ण हैं, दोनों बेहाल हैं। इसे किश्ती नहीं मिलती, उसे साहिल नहीं मिलता। मानवता के नये भाग्य का निर्माण अकेले न तो एशियावाले कर सकते हैं और न यूरोप और अमेरिका के लोग। यह कार्य तो तभी सम्पन्न किया जा सकता है जब पश्चिम और पूर्व, दोनों की विशिष्टताएँ एकाकार हों, जब दोनों के गुण एक साँचे में ढल जाएँ।

मैं जो कुछ कह रहा हूँ, वह वाद-विशेष के छोड़ने या ग्रहण करने की दलील नहीं है, न उसमें इस बात का संकेत है कि हम किस देश से दोस्ती करें और किसकी छूत से हमें बचना चाहिए। ये फिर अपेक्षाकृत छोटी बातें हैं। प्रश्न यहाँ वादों का नहीं, प्रत्युत् मनुष्य के सामूहिक विकास का है। प्रश्न विज्ञान के त्याग का नहीं, प्रत्युत् यह है कि विज्ञान ने हमारे हाथों में जो

सिद्धियाँ रखी हैं, उनका उपयोग किन उद्देश्यों के लिए किया जाए? यह भी कि ये सिद्धियाँ यथेष्ट हैं या मनुष्य को अभी और बढ़ना है और यदि और आगे बढ़ना है तो किस दिशा की ओर? किन ध्येयों को प्राप्त करने के लिए? किन शक्तियों का विकास करने के लिए? विज्ञान अधिक-से-अधिक तीन सौ वर्षों की चीज है। किन्तु पिछले तीन हजार वर्षों में मनुष्य ने और भी बहुत-सा ज्ञान अर्जित किया है। चिन्तकों के सामने समस्या यह उठी है कि इन दोनों ज्ञानों का समन्वय कैसे किया जाए? कौन वह मार्ग है जिससे सूक्ष्म और स्थूल मनुष्य के व्यक्तित्व का परस्पर एक-दूसरे में विलयन किया जा सकता है? कौन वह साधन है जिससे बुद्धि और हृदय के बीच सामंजस्य बिठाया जा सकता है? कौन वह मन्त्र है जिससे यन्त्र और अध्यात्म एक-दूसरे के पूरक बनाए जा सकते हैं? विज्ञान यह अनुसंधान करता है कि मनुष्य का हृदय उसकी छाती में बाईं ओर स्थित है या दाहिनी ओर। अभिनव चिन्तक यह पता लगाना चाहते हैं कि, असल में, हृदय को होना कहाँ चाहिए। विज्ञान हमारे हाथों में केवल शक्ति देता है; किन्तु इस शक्ति का उपयोग हम किन उद्देश्यों के लिए करें, इसका समाधान वह नहीं दे सकता, क्योंकि यह उसके क्षेत्र के बाहर की बात है। यह समाधान हमें देना है; कवियों, लेखकों, चिन्तकों, कलाकारों और सन्तों को देना है।

यह कार्य बड़ा कठिन दीखता है, किन्तु यही वह कार्य है जिसमें विश्व के अनेक चिन्तक आज लगे हुए हैं। भारत के कवियों और लेखकों का कर्तव्य है कि वे इस कार्य में अपना हाथ बँटाएँ। यह किसी एक देश या क्षेत्र की जनता की सेवा नहीं, प्रत्युत् विश्व की समग्र मानवता के उद्धार का कार्य है। यह चिन्तन मनुष्य को वर्तमान स्थिति से ऊपर उठाने के लिए है। यह तपस्या मनुष्य के सामूहिक विकास के निमित्त है। और यह ठीक वही कार्य है जिसके लिए भारत सहस्राब्दियों से तैयार होता आया है। और जब विश्व के चिन्तकों के सामने यह समस्या प्रत्यक्ष हुई, भारत ठीक उसी समय अहिंसा द्वारा स्वाधीन हुआ, इसे भी विधि का ही विधान समझना चाहिए। यही कारण है कि समस्त विश्व के सूक्ष्म चिन्तक हमारी ओर आशा से देख रहे हैं। स्वतन्त्र भारत स्वतन्त्र राष्ट्रों की सभा में चन्दन के रथ पर चढ़कर आया है। जब स्वाधीनता के लिए सारे संसार में रक्तपात की क्रिया

अनिवार्य समझी जाती थी, तब भारत अहिंसा से स्वाधीन हुआ। और जिन सामाजिक कार्यों के लिए संसार में बन्दूकों और मशीनगनों के प्रयोग की परम्परा मौजूद है, वे कार्य भी यहाँ समझौते और सद्‌भाव से होते जा रहे हैं। जब तक ये कार्य नहीं हुए थे, लोग उन्हें असम्भव मानते थे। किन्तु आज वे सम्भव माने जाने लगे हैं। चिन्तक यह मानकर नहीं चलता कि चूँकि अमुक काम पहले कभी नहीं हुआ, इसलिए वह आगे भी नहीं हो सकता है। इतिहास अपने को दुहराता है, यह तो आंशिक सत्य है। सम्पूर्ण सत्य तो यह है कि इतिहास इसलिए इतिहास है कि उसमें मनुष्य की नित्य-नूतन विजयों का व्याख्यान लिखा जाता है। जो भी व्यक्ति या समाज कोई ऐतिहासिक कार्य करने को अवतरित होता है, उसके सामने भयानक कठिनाइयाँ आती हैं, उसका मिशन अत्यन्त असम्भव प्रतीत होता है। किन्तु असम्भव कल्पनाओं से जूझने में ही मनीषा के सारे चमत्कार खुलते हैं, असम्भव कल्पनाओं से संघर्ष करनेवाला चिन्तक ही मनुष्य का सच्चा नेता होता है।

विज्ञान और बुद्धिवाद की विजय-कहानी पुरानी पड़ चुकी। संसार उन्हें भली भाँति अंगीकार कर चुका है। विज्ञान और बुद्धिवाद, ये विश्व की नवीनतम चिन्ताधारा के विषय नहीं हैं। विश्व की नवीनतम चिन्ताधारा तो वह है जो विज्ञान से निकली हुई निराशा का निराकरण खोज रही है, बुद्धि की सीमाओं से टकराकर कोई नई राह ढूँढ़ रही है जिससे उस सत्य का साक्षात्कार किया जा सके जो विज्ञान की छड़ी से छुआ नहीं जा सकता और बुद्धि जिसकी थाह पाने में असमर्थ है।

अन्तरराष्ट्रीय विश्व का एक युग समाप्ति पर है और उसी के साथ बुद्धिवादी बौद्धिकता भी समाप्त हो रही है। बुद्धिवाद के आविर्भाव के पूर्व मनुष्य की सभी महान उपलब्धियाँ सम्बुद्धि (इंट्यूशन) से आई थीं। किन्तु विज्ञान और बुद्धिवाद जब जोर से चमकने लगे तब सम्बुद्धि की ज्योति मन्द पड़ गई और मनुष्य ने उसे सन्दिग्ध ज्ञान का साधन मानकर छोड़ दिया। परन्तु, शताब्दियों तक बुद्धिवाद का सेवन कर लेने के बाद वह फिर किसी ऐसी दिशा की ओर देखने लगा है जो लगभग सम्बुद्धि की दिशा है, जो लगभग रहस्यवाद का देश है। संसार उस बिन्दु पर पहुँच रहा है जहाँ जड़ से चेतन की उत्पत्ति होगी, जहाँ भौतिकता से अध्यात्म की किरणें

फूटेंगी और जिस युग के नेता आँकड़े एकत्र करनेवाले वैज्ञानिक नहीं, प्रत्युत गांधी या अरविन्द अथवा गांधी और अरविन्द होंगे।

अध्यात्म और रहस्यवाद फिर से वापस आ रहे हैं, इस संवाद से किसी को भी घबराने की आवश्यकता नहीं है। आध्यात्मिकता असत्य कल्पनाओं में आस्था रखने को नहीं कहते, न रहस्यवाद रंगीन कुहासे का नाम है। महात्मा बुद्ध निरीश्वरवादी थे एवं मरणोत्तर जीवन विषयक सभी प्रश्नों को उन्होंने अव्याकृत कोटि में डाल रखा था, किन्तु आध्यात्मिक और, किसी हद तक, रहस्यवादी गौतम बुद्ध भी थे। अध्यात्म असत्य कल्पनाओं को नहीं कहते हैं। यह तो वस्तुओं की गहराई का नाम है, यह तो पदार्थों के उस अदृश्य पक्ष की संज्ञा है जिसे विज्ञान नापने में असमर्थ है। विद्या की कोई भी शाखा, यहाँ तक कि पत्थर और खनिज का अध्ययन करनेवाला शास्त्र भी, जब विश्लेषण करते-करते वस्तु की गहराई में पहुँच जाता है, तभी वह आध्यात्मिक हो उठता है। विज्ञान जैसे-जैसे आगे बढ़ता है, अभिनव चिन्तन का भी गहराई की दिशा में, उत्तरोत्तर विकास होता जाता है और ऐसा लगता है कि हम, सचमुच ही, उस बिन्दु के पास पहुँचते जा रहे हैं जहाँ द्रव्य को समझने के लिए हमें आत्मा की आवश्यकता पड़ेगी, जहाँ यान्त्रिक और आध्यात्मिक तत्त्वों के बीच हमें सामंजस्य लाना पड़ेगा। उन्नीसवीं सदी के बुद्धिवादी चिन्तक मानते थे कि घास की एक छोटी पत्ती क्या है, इसका समीचीन उत्तर यान्त्रिक ढंग से दिया जा सकता है अर्थात् यह बात गणित के नियमों से सिद्ध की जा सकती है कि वह मेकैनिकल फेनोमेनन अर्थात् आदि से अन्त तक यान्त्रिक प्रक्रिया का परिणाम है। किन्तु आज के बुद्धिवादी कुछ अधिक सतर्क और विनयशील हो गए हैं। अब वे यह नहीं समझते कि यान्त्रिक प्रक्रिया से घास की पत्ती का सारा अस्तित्व विश्लिष्ट किया जा सकता है। कुछ और बातें हैं जिनका पता हमें अभी नहीं चला है।

और, यद्यपि, रहस्यवाद का चोगा पहनकर बहुत-से नकली रहस्यवादी कवि और सन्त दुनिया को भरमा रहे हैं, पर इससे रहस्यवाद के वास्तविक अर्थ का मूल्य नहीं घटता, ठीक वैसे ही, जैसे इस बात से विज्ञान का महत्त्व नहीं घटता कि उससे पाई हुई शक्ति को लेकर मनुष्य, मनुष्य का संहार कर रहा है। रहस्यवाद तो केवल सत्य के इस पक्ष पर जोर देता है

कि बुद्धि सब कुछ को देख नहीं सकती। सत्य के कुछ ऐसे भी पहलू हैं जो सम्बुद्धि को दिखाई देते हैं और जो केवल संकेतों से कहे जाते हैं क्योंकि उन्हें अभिव्यक्त करने योग्य भाषा अभी तैयार नहीं हुई है। इस दृष्टि से देखने पर आइंस्टीन का सापेक्षवाद गणित के माध्यम से रहस्यवाद तक जाने का मार्ग नहीं तो और क्या है? देश, काल और गति का आदितम रूप क्या है और उनका अन्तिम रूप क्या होगा, विज्ञान के भीतर से उठनेवाले इन अमोध आध्यात्मिक प्रश्नों ने भौतिकवाद की नींव हिलानी शुरू कर दी है। देश गति का ही विकार है और काल उसी का अविकृत रूप तथा देश और काल, दोनों एक-दूसरे के रूपान्तरित हो सकते हैं, ये बातें जीवन को रहस्यवाद के पास नहीं तो और कहाँ ले जाती हैं?

विज्ञान और बुद्धिवाद के यान पर चढ़कर विश्व-विजय को निकला हुआ मनुष्य अगजग को छानकर, अन्त में अपने घर वापस आ रहा है। जिनकी आँखों में दूर तक देखने की ज्योति है, वे इस सूक्ष्म दृश्य को सुस्पष्टता से देख रहे हैं और उन्हीं के हृदयों में इस विलक्षण विजेता के स्वागत की तैयारी भी चल रही है। किन्तु यह विजेता और कुछ होने के पहले भारतीय होगा क्योंकि जिन सपनों को वह आकार देनेवाला है, वे स्वप्न सबसे अधिक भारतवर्ष के हृदय में पलते आए हैं। इसलिए उचित है कि भारतवर्ष के कवि, चिन्तक और कलाकार उसके स्वागत में अपने सपने बिछा दें, उसके मार्ग को निष्कंटक बनाने के प्रयास में अपनी आयु समाप्त कर दें। वर्षों और मासों की गिनती तो उनके लिए है जो छोटे धरातल पर काम करते हैं। चिन्तकों और कवियों के वर्ष शताब्दियों अथवा अर्द्ध-शताब्दियों में गिने जाते हैं। और इसकी भी क्या चिन्ता कि स्थूल मनुष्य की ओर से पीटे जानेवाले भीषण पटह के विकराल रोर में हमारी पतली आवाज डूब जाती है! हमें इस विश्वास के साथ आगे बढ़ते जाना है कि यही पतली आवाज दुनिया की अमर आशा की आवाज है और यही पतली आवाज एक दिन सारे विश्व की आवाज बनेगी जब प्रत्येक स्थूल मनुष्य पटह फेंककर कोई मुरली उठा लेगा।

[1956 ई.]